KB028190

# 취직을 기다리는 시인

# 윤은숙 소설

# 취직을 기다리는 시인

미래의 작가들 04

# 차례

# 취직을 기다리는 시인

에이미는 평소보다 가벼워진 가방이 영 어색했다. 어딘가 허전했고 무언가를 잃어버린 기분이었다. 놓고 온 것은 두 가지뿐이었다. 두꺼운 종이뭉치와 색색의 색연필 자루. 그녀는 새삼 그것들의 무게가 얼마나 대단했는지 실감했다. 좋은 점도 있었다. 사람들이 모여 있는 장소를 지나갈 때 부딪치지 않기 위해 가방을 앞으로 돌리거나 어깨를 움츠리지 않아도 되었다.

그녀는 밀레니엄브리지를 지나고 있었다. 건너편에는 갈색 굴뚝의 테이트 모던과 흰색의 원형극장 셰익스피어 글로브가 있었다. 그곳은 언제나처럼 런던을 찾은 사람들로 붐볐다. 누군가는 사진을 찍었고 누군가는 템스 강의 경치를 구경했다. 에이미는 느긋하게 그들을 지나쳤다. 왼편으로 보이는 타워브리지가 햇살에 빛나고 있었다. 사월치고는 강한 바람이 그녀의 머리카락을 헝클였다.

그녀의 신경은 다른 곳에도 가 있었다. 아까부터 쉴 새 없이 울려대는 휴대전화였다. '휴일은 휴일답게 쉬어야지.' 절대로 연락하지 않겠다던 제프리 팀장의 호출일 것이다. 그녀는 속이 휑한 가방에서 휴대전화를 꺼냈다. 제프리의 부재중 전화. 그리고 익숙한 번호로부터 온 문자 한 통. '안녕하세요. 데이비드입니다. 메일 받았나요? 답장 주세요.' 그녀는 아예 전원을 꺼버렸다.

테이트 모던에서는 앙리 마티스의 전시회가 한창이었다. 외벽에는 전시회의 주제인 CUT-OUTS가 각각 노란색과 연주황색의 평면 도형 안에 큰 글씨로 적혀 있었다. 입구 위에는 파란 배경에 적힌 그의 이름이 붙어 있었다. 마티스의 팬이라면 반드시 놓쳐서는 안 될 전시회. 그녀는 얼마 전에 읽었던 동료 모리시의 리뷰를 떠올렸다. 그녀에게 마티스는 어려운 미술가였다. 그래도, 시간이 있을 때 한번 가볼까, 생각하는데 가까운 곳에서 함성 소리가 들렸다.

미술관 앞 공터에는 사람들이 둥글게 모여 있었다. 에이미는 호기심에 인파 속으로 들어가보았다. 두 남자가 버스킹을 하고 있었다. 그들은 기타를 연주하며 에드 시런의 「더 시티」를 불렀다. 관객들은 박수를 치거나 노래를 따라 불렀다. 그녀는 앞에 놓인 기타 케이스에 일 파운드를 넣었다. 한 멤버가 고개를 살짝 끄덕였다.

그들은 연이어 몇 곡을 더 연주했다. 에이미는 박수를 보내면서 자리를 나왔다. 그들 옆에는 대형 비눗방울을 만드는 예술가가 있었다. 그리고 열 걸음쯤 떨어진 곳에 한 남자가 있었다.

그는 간이 책상에 앉아 하늘색 타자기를 치고 있었다. 접이식 의자에 엉덩이는 푹 꺼졌고 어깨는 구부정하게 올라와 있었다. 글쇠를 누르는 그의 두 검지는 느리게 움직였다. 남자의 주변에는 아무도 없었다. 왼편에 세워진 자전거 한 대와 강변 난간에 붙어 있는 구명튜브가 전부였다. 에이미는 자신이 왔던 길을 되돌아보았다. 사람들에게 둘러싸여 버스킹을 하는 두 남자. 여러 아이들과 신나게 비눗방울을 터뜨리는 노신사. 남자는 그들과 너무나도 대조적이었다. 지나가는 사람들마저 그만은 피하는지 한참을 떨어져 걸어다녔다.

POET FOR HIRE. 취직을 기다리는 시인. 그의 책상 앞에는 A4 용지에 손글씨로 쓰인 문구가 붙어 있었다. 에이미는 그가 궁금했다. 처음으로 보는 퍼포먼스이기도 했지만, 무엇보다 '시인'이라는 단어가 마음에 걸렸다. 그녀는 그의 곁으로 다가갔다. 한 번도 만난 적 없는 얼굴이었다. 그녀의 기억에 없는 것일 수도 있었다. 한 편의 역작을 남기고 후속 작품을 내지 못하는 시인들은 수두룩했다. 그는 정말 시인일까. 우리 잡지사에서 활동한 적이 없는 걸까. 단순히 시인 흉내를 내는 거리의 예술가일까. 일정치 않게 울리는 타자 소리가 그녀의 귀에 가까워졌다.

남자는 멀끔한 양복 차림의 신사였다. 나이는 삼십대 중반 즈음으로 보였다. 에이미는 그의 주황색 넥타이가

거슬렸다. 간간이 부는 돌풍에 넥타이가 자꾸만 그의 뺨을 때렸기 때문이었다. 그 탓에 그는 이따금 자신의 어깨에 얼굴을 문질렀다. 그럴 때마다 그의 머리 위에 얹힌 선글라스에서는 태양빛이 반사되었다. 그는 여전히 두 검지로 자판을 누르다 멈추기를 반복했다.

그는 어느 것도 신경 쓰지 않았다. 수많은 사람들의 이야기 소리도, 옆에서 울려대는 허스키한 노랫소리도, 심지어 그의 머리 위를 날아다니는 새들조차. 그의 세계에는 오직 그와 타자기만이 존재하는 듯했다. 그는 에이미가 자신 앞에 서 있는지도 모르는 듯했다. 그녀에게 눈길 한번 주지 않았다.

에이미는 그가 무슨 퍼포먼스를 하는지 도통 알 수 없었다. 무언가를 쓰기는 하는데, 그것이 시인지 아닌지도 확인하지 못했다. 그가 진짜 시인이라면, 말 그대로 고용주를 기다리는 것일까. 그렇다면 이 방법보다는 투고를 해야 하는 게 맞을 것이었다. 그녀는 지금껏 만나왔던 시인들을 떠올렸다. 신예부터 베테랑까지. 이런 방법으로 자신의 시를 발표하는 사람은 단 한 명도 없었다.

그녀의 생각은 행위예술가라는 쪽으로 기울었다.

그녀는 사진을 찍기 위해 가방을 열었다. 눈에 먼저 보인 것은, 꺼진 휴대전화였다. 그녀는 허탈하게 웃었다. '휴일은 휴일답게.' 더는 '시'라는 단어를 머릿속에 떠올리지 않기로 했다. 에이미는 지갑을 열어 일 파운드를 꺼냈다. 그의 주변에는 돈을 넣을 적당한 곳이 없었다. 그녀는 책상 위, 타자기 옆에 놓았다.

순간, 둔탁하게 울리던 타자기의 소리가 사라졌다. 남자의 두 검지가 허공에서 멈춘 것이었다. 그는 미동조차 하지 않았다. 대신 시선을 자판에서 타자기에 끼인 종이로, 에이미의 손이 닿은 일 파운드 동전에서 이윽고 그녀로 움직였다. 그러면서 남자가 고개를 들었다. 그의 앞머리를 고정하던 선글라스가 콧등으로 떨어졌다. 에이미는 숨을 죽였다. 남자는 선글라스를 내려놓으며 자리에서 일어났다. 에이미는 그가 왜 그러는지 이해하지 못했다. 그녀는 멋쩍게 웃어 보이고 뒤를 돌았다.

"잠시만요." 남자가 에이미를 불러 세웠다. 그녀는 말없이 다시 뒤를 돌았다.

"저는 거지가 아닌데요."

그가 동전을 집어 이리저리 흔들었다. 에이미는 그가 무슨 대답을 원하는지 알 수 없었다. 돈을 원하지 않는데 그는 왜 이곳에 이러고 있는 거지.

"행위예술가인 줄 알았어요. 옆에도 있지만. 내셔널 갤러리 앞에 가면 많이 있는 그런 분들 있잖아요."

남자의 표정은 진지했다. 동전을 들지 않은 손으로 POET FOR HIRE라고 적힌 종이를 툭툭 쳤다.

"저는 이 말 그대로 시인입니다. 취직을 기다리는 시인이오."

'어쩌라고. 난 매거진 T 시 분야 직원이야.' 에이미는 하고 싶은 말을 속으로 삭이고, "죄송합니다." 깔끔하게 사과했다. 정말로 그가 시인이라면, 더더욱 그래야 했다. 남자는 다리를 꼬고 자리에 앉았다. 선글라스를 다시 머리 위에 얹었다.

"왜 죄송하다고 하죠?"

에이미는 그의 반응에 어이가 없었다. 그녀는 나름대로 많은 부류의 사람들을 만나보았다고 생각했다. 일을 하다 보면 그랬다. 매달 선정된 시인에게 연락을 해야 했다. 그들은 기 당선자이기도 했고 새로운 사람이기도 했기에 그녀의 태도는 매번 상대방에 맞추어 바뀌어야 했다. 가끔은 뽑히지 않은 사람들에게 험담을 듣기도 했다. 그러나 이렇게 무어라 대답을 해야 할지 모르게 만드는 사람은 없었다. 에이미는 그의 눈을 쳐다보았다. 남자도 그녀를 보았다. 둘은 아무 말이 없었다. 그들 사이로 여러 사람들의 목소리가 흘러갔다.

"이만 가볼게요. 제가 좀 바빠서요. 열심히 쓰세요. 방해해서 죄송합니다."

에이미는 괜히 가방을 뒤졌다. 남자가 자리에서 일어났다. 그녀에게 손을 내밀었다. 그녀는 인상을 찌푸리고, 악수를 하지 않았다.

"제 이름은 앙리 마티스입니다." 그가 손을 가슴에 얹어 정중하게 인사했다. 에이미는 코웃음을 쳤다. 뒤를 돌아 테이트 모던의 어두운 외벽을 가리켰다.

"그건 그쪽 이름이 아니잖아요."

"알아요. 그리고 당신이 바쁘지 않다는 것도 알고요."

"아뇨. 진짜 가야 하는데요."

이번에는 남자가 코웃음을 쳤다. 손에 들린 일 파운드를 바지 주머니에 넣었다. 그는 말없이 의자에 앉았다. 종이늦추개를 돌려서 쓰던 종이를 빼더니 새로운 것으로 갈아 끼웠다. 에이미는 그와 테이트 모던을 번갈아 보았다. '모리시의 말처럼 팬이라면 반드시 놓치지 말아야 할 전시회일까. 팬이 아니라면 놓쳐도 된다는 말일까. 그렇다면 나는 지금부터 앙리 마티스의 팬이다. 오랜만의 휴일을 이렇게 허비할 순 없어.' 그녀는 그에게 작별 인사를 하고 길을 걸었다. 그에게 버린 일 파운드는 아깝지 않다고 생각했다. 어차피 처음부터 주려고 했던 것이었으니. 그녀의 가벼운 가방이 앞뒤로 흔들렸다.

"기다려요." 남자의 목소리가 그녀의 발목을 잡았다. 크게, 더 크게. 그녀는 그를 모르는 사람인 것처럼 여유롭게 걸으려 했다. 그러나 몇 걸음도 가지 못했다. 사람들이 에이미를 쳐다보았다. 그녀는 하는 수 없이 뒤를 돌아보았다. 이번에는 남자가 손짓을 했다. 그녀는 그를 유심히 보았다. 같은 의심을 다시 했다. 정말로 그가 시인이라면. 나중에 그녀의 잡지사가 그에게 부탁을 해야 할 상황이 발생할 수도 있을 것이었다. 거기에다 담당자가 바로 자신이라면? 그녀는 한숨을 쉬며 그에게로 돌아갔다.

"값을 지불했으면 시를 받아가야죠."

남자가 타자기에 손을 올렸다. 그의 두 검지가 느리다 빠르기를 반복하며 자판을 눌렀다. 차가운 철제 소리가 강바람에 부딪쳤다. 에이미는 팔짱을 끼고 그를 지켜보았다. 어느 누구도 그들에게 다가가거나 말을 걸지 않았다. 그는 다시 조용해졌다.

옆에서는 버스킹이 끝났는지 노랫소리가 잦아들었다. 북적이던 인파도 흩어졌다. 에이미는 그와 그의 타자기에 집중했다. 그 역시 그녀가 동전을 건네기 전, 딱 그만큼의 무게로 몰두하고 있었다. 그녀는 그의 세상에 초대받은 느낌이었다. 오직 그와 그의 타자기만이 있던 세계에 손님으로 온 것만 같았다. 그녀는 그의 손가락이 누르는 글쇠를 뚫어지게 보았다. 어떤 단어로 문장을 만드는지 알고 싶었기 때문이었다. 그러나 검지만으로 완성

되는 그의 타자는 감을 잡기가 힘들었다. 어느 순간은 빠르게 쓰다 또 어느 순간은 느려졌다.

"진짜 시인 맞아요?" 에이미가 물었다. 그는 고개를 들어 나른하게 웃었다.

"진짜 시인을 못 알아보시네."

에이미는 그 말에 입술을 깨물었다. 굴대에 말린 종이는 한참 동안 밖으로 나오지 않았다.

'정말로 좋은 시를 못 알아보네요.'

에이미가 신경질을 부리며 마우스를 던졌다. 옆자리에 앉은 동료들부터 팀장 제프리까지 그녀를 주시했다. 그녀는 한숨을 쉬면서 머리를 쥐어뜯었다. 제프리는 눈치를 살피다 그녀의 곁으로 다가갔다. 모니터에는 메일이 한 통 떠 있었다.

'안녕하세요. 데이비드입니다. 이번에도 제 시가 안 뽑혔군요. 정말로 좋은 시를 못 알아보네요. 안타깝습니다. 왜 안 뽑혔는지 이유라도 알려주세요. 감사합니다.
—데이비드'

메일 끝에는 데이비드라는 사람의 서명이 붙어 있었다. 제프리는 에이미를 회의실로 불렀다.

회의실에서는 타워브리지가 한눈에 보였다. 그녀는 예전처럼 창문에 붙어 그 다리를 구경하거나 하지 않았다. 조용히 맨 끝의 의자에 앉아 커피를 마셨다. 제프리는 방 안의 모든 블라인드를 내렸다. 바깥도, 직원들도 보이지 않았다.

넓은 책상에는 샘플로 만들어진 지난달 잡지가 세 권 쌓여 있었다. 큼지막하게 적힌 '매거진 T'가 그녀의 눈에 들어왔다. 그녀는 그것을 들추어보았다. 모리시의 리뷰, 제프리의 칼럼. 그녀의 흔적은 어디에도 없었다. 원래부터 없는 게 맞는 것일지도 몰랐다. 직접 기고는 그녀의 담당이 아니었으니. 하지만 자신이 뽑은 시가 일 년째 어느 면에도 실리지 않는다는 것은 그녀에게 회사를 다니는 의미가 없어지는 것과 마찬가지였다.

매거진 T. 그녀는 이 인터넷 잡지사에서 오 년째 일하고 있었다. 담당 분야는 시였다. 그녀의 일은 크게 두 가지였다. 매달 좋은 작품을 선정해서 팀장 제프리에게 넘기고, 승인이 나면 작자와 짧은 인터뷰를 하는 것이었다. 매거진 T에는 누구나, 언제나 투고가 가능했다. 지원자 대다수는 아마추어였다. 날마다 원고가 밀려들었고 그녀가 읽어야 할 시의 수도 쌓여갔다.

그녀는 자신의 일을 자랑스러워했다. 바쁜 도시인들에게 스마트 기기를 통해 짧은 여유를 선사한다고 생각했다. 그것도 무료로. 하지만 조회수는 타 부서를 이기지 못했다. "시는 우리 잡지사에서 죽어가는 파트야. 안 읽히는 글은 시한부 선고 받은 거나 마찬가지 아니겠어?" 제프리는 입버릇처럼 그녀에게 말했다. 그럴 때마다 에이미는 높이 쌓인 원고를 들이밀었다. 그녀는 그 높이를 사명이라 여겼다. 특히 뽑은 글이 좋은 평을 받고 그 시인이 발전한 글을 보내왔을 때. 에이미는 제프리가 위협하는 시의 수명을 자신이 한 달 더 연장시킨 기분이었다.

"일한 지는 얼마나 됐지?" 제프리가 물었다.

"그만둘 만큼은 됐어요."

"참 나. 그럼 이상한 메일 받은 지는?"

"……다섯 달?"

두 사람은 힘을 빼며 웃었다.

더는 아니었다. 그녀에게 그 사명은 이제 지겨웠다. 비슷한 수준의 글에 싫증을 느꼈다. 언제부턴가 그녀가 겨우겨우 선정한 작품은 윗선에서 퇴짜를 맞았다. 매번 동료들에게 원고를 내주어야 했고 운이 좋게 실린다 하더라도 혹평을 받기 일쑤였다. 뽑히지 않은 사람들은 담당자인 그녀에게 황당한 연락을 해왔다. 조회수는 여전히 저조했다. 에이미는 점점 제프리의 말에 수긍하기 시작했다.

"내일 쉬는 날이잖아. 뭐 할 거야?"

오랜만의 휴일이었지만 계획이 없었다. 얼마 전까지 데이비드라는 사람과 실랑이를 하느라 다른 데에 신경을 쓰지 못한 탓이었다.

"원고 읽어야죠."

"휴일은 휴일답게 쉬어야지. 절대로 연락 안 할게. 내일은 원고 보지 마."

제프리는 그녀에게 티켓 한 장을 내밀었다. 셰익스피

어 글로브에서 사흘밖에 하지 않는 햄릿 티켓이었다. 에이미는 그를 쳐다보았다. 그는 입술을 비쭉 내밀었다.

"내가 가려고 했는데, 불쌍해서 주는 거야. 원고 볼까 봐 다른 일 시켜야겠어. 테이트 모던 갔다가 글로브 가서 연극 봐. 붙어 있으니까 하루 만에 두 군데 다 갈 수 있지? 칼럼 맡길 거야."

"휴일은 쉬라면서요. 그리고 자리나 좀 좋은 걸 주던가. 스탠딩이 뭐야."

그녀는 티켓 가장자리를 매만졌다. 연극을 본 지가 언제였는지. 그러고 보니 두 군데 모두 가본 지 오래된 곳이었다. 어찌 되었든 시에서 벗어날 수 있어 다행이었다. 에이미는 그에게 고맙다고 인사했다. 제프리는 그녀가 아무렇게나 펼쳐놓은 잡지를 정리하고 바깥으로 나갔다.

에이미는 바깥 창문의 블라인드를 손가락으로 살짝 벌렸다. 타워브리지가 조명에 빛나고 있었다.

"끝!"

남자의 왼쪽 검지가 하늘 높이 솟았다. 그는 진득하게 하품을 한번 하고는 기계에서 종이를 뺐다. 얼마나 잘 쓰기에 자신을 '진짜 시인'이라고 소개하는지. 에이미는 진심으로 그의 시가 궁금했다. 뒷면으로 비치는 글자를 유심히 읽었다. 겨우 다섯 줄밖에 되지 않는 짧은 작품이었다. 일 파운드의 값어치인 걸까. 그냥 이 정도밖에 안 되는 사람일까. 그녀는 쓰게 웃었다. 그는 후, 후, 인쇄된 글자 위로 입김을 몇 번 불더니 손으로 스윽 문질러 그녀에게 종이를 건넸다. 제목은 '앙리 마티스'였다. 한 줄을 띄운 다음 행에는 헨리 마틴(Henry Martin)이라 적혀 있었다.

"진짜 이게 이름이에요? 혹시 데이비드 아니에요?"

"데이비드요? 차라리 앙리 마티스라고 하는 게 덜 거짓말이겠네요."

에이미는 의심하는 눈초리로 그에게 사인을 요청했다. 데이비드의 서명이라면 단번에 알아볼 자신이 있었다. 남자는 무표정하게 종이를 받아들었다. 책상에 내려놓고는 바람에 날아갈까 선글라스를 벗어 그 위에 올렸다. 그러고는 세워놓은 자전거로 갔다. 바구니 안에 있는 가방에서 만년필을 꺼냈다. 그는 자리로 돌아와 뚜껑을 열었다. 펜촉이 종이에 닿으려 했다.

빗방울이 떨어졌다. 헨리의 손등에, 에이미의 손등에. 그리고 글자 위에. 남자는 황급히 허리를 펴 책상에서 멀찍이 떨어졌다. 그가 애써 쓴 '좋은(good)'이 물방울 아래에서 볼록하게 굴절되었다. 이내 각각의 알파벳들은 한데 뒤섞였고 어떤 검은 액체로 변했다. 그 액체는 곧 옆으로 퍼져 다른 알파벳까지 흡수했다. 헨리가 펜을 던졌다.

"하, 이래야 완벽한 잉글랜드지. 사랑스러운 날씨구먼!"

빗줄기는 더욱 굵어졌다. 종이에 쓰인 헨리의 이름이 사방으로 번졌다. 그는 만년필 뚜껑을 닫고 종이를 집어 들더니 구겨버렸다. 에이미는 황당하다는 듯 짧은 탄성을 내질렀다. 읽어보지도 못한 시였다. 그가 얼마나 '진짜 시인'인지 알기 위해 기다렸던 노력이 구겨져버린 것이었다. 그는 종이 뭉텅이를 바지 주머니에 쑤셔넣었다. 거세지는 소나기에 두 사람은 눈을 빠르게 깜빡였다. 헨리는 웃고 있었다.

"뭐 하는 거예요? 내 거잖아요."

에이미가 소리쳤다. 그는 대꾸하지 않고 타자기에 덮개를 씌웠다. 자전거에서 가방을 가지고 오더니 그것을 넣었다. 헨리는 잠시 동안 주변을 살피고 에이미에게 다가갔다. 그는 그 가방을 그녀에게 넘겼다. 에이미는 얼떨결에 검은 가방을 받아 들었다. 꽤나 나가는 무게에 한껏 인상을 썼다.

"뛰어요!"

에이미는 영문을 몰라 멍하니 그를 바라보았다.

"테이트로 뛰라고요!"

헨리는 그녀의 등을 다독이듯 슬쩍 밀었다.

에이미는 이유도 모른 채 무작정 테이트 모던으로 뛰었다. 입구에는 이미 비를 피하려는 사람들이 한데 모여 있었다. 그들은 저마다의 방법으로 몸에 묻은 물기를 털어냈다. 에이미는 짐짝에 손이 묶여 머리를 넘기지도, 얼굴에서 흐르는 빗물을 닦지도 못했다. 그녀의 머리카락 끝에 맺혀 있던 물방이 팔꿈치를 타고 흘렀다. 그녀는 답답하게 몸통을 뒤틀었다.

세찬 바람에 빗물이 안쪽까지 쳐들어왔다. 사람들은 다 같이 한 발짝, 또 한 발짝 뒤로 물러났다. 그러다 하나둘, 모두가 미술관 실내로 들어갔다. 에이미는 그러지 못했다. 여전히 비를 맞으며 우두커니 서 있었다. 자신의 것도 아닌 짐 때문에 움직이지 못했다.

헨리는 그녀의 신발이 완전히 젖고 나서야 모습을 나타냈다. 한 손으로는 자전거를 끌고, 다른 한 손으로는 반으로 접힌 책상과 의자를 들고 있었다. 헨리와 에이미는 대충 빗물을 털고 미술관으로 들어가 구석에 앉았다. 바깥에 세워놓은 남자의 자전거가 잘 보이는 자리였다.

에이미는 그에게 시를 보여달라고 했다. 헨리는 주머니에서 종이를 꺼냈다. 종이는 이미 만신창이였다. 알파벳들은 해독할 수 없는 암호로 변해 있었다. 에이미는 종이를 받아 들어 이리저리 돌려보았다. 불빛에 비추어 보기도 하였지만 소용은 없었다. 간신히 제목만이 살아남은 정도였다.

"이 시, 알려주면 안 돼요? 도통 읽을 수가 없네요."

"바쁘다면서요. 여기서 이러고 있어도 돼요?"

헨리가 그녀를 위아래로 훑었다.

"네. 갈 거예요. 근데 궁금하잖아요."

'얼마나 잘 쓰기에 나에게 진짜 시인을 못 알아본다는 말까지 하는지.' 에이미는 그의 눈을 피해 종이를 뚫어지게 보았다.

"미안한데 기억이 안 나요. 워낙 갑자기 쓴 거라. 초안이 있는 것도 아니고."

헨리는 다시 바지 주머니를 뒤졌다. 물기가 묻은 일 파운드를 꺼내 그녀에게 건넸다. 에이미는 받지 않았다. 그는 에이미의 코앞까지 동전을 들이밀었다.

"그냥 새로 써줘요. 그 정도는 기다릴 수 있어요."

에이미는 그에게 젖은 종이를 돌려주었다. 읽을 수 없어 더욱 읽고 싶은 시가 있었던가. 그녀는 진심으로 그의 시가 궁금했다. 헨리는 잠시 망설이다 검은 가방에서 수첩과 만년필을 꺼냈다. 아까와 비슷한 길이의 문장을 썼다 지우기를 반복했다. 에이미는 하릴없이 텅 빈 가방을 뒤지다 휴대전화를 꺼내 전원을 켰다. 제프리의 부재중 전화. 데이비드라는 사람의 메시지. 그녀는 남자의 옆모습과 휴대전화 액정을 번갈아 보았다.

“혹시 이름이 헨리 데이비드 마틴이에요? 아니면 필명이 데이비드예요? 아, 전 에이미 타워예요. 이러면 좀 알려나?”

“에이미 타워 씨. 도대체 데이비드가 누굽니까? 제가 다 만나보고 싶네요.”

그는 어이가 없다는 듯 고개를 절레절레 젓더니 자리에서 벌떡 일어났다. 그의 자전거가 바람에 쓰러져 있었다. 헨리는 짧게 욕을 한마디 내뱉고 재킷을 머리 위로 쓰더니 바깥으로 달려나갔다.

에이미는 남자의 수첩을 흘깃 훔쳐보았다. 종이에는 그의 이름만이 덩그러니 적혀 있었다. 몇 가지 단어를 썼다 지운 흔적도 있었다. 그가 머리를 털며 돌아왔다.

“오늘 날씨 진짜 환상적이네요. 아침부터 구름이 빨리 움직이더니. 알아봤어야 했어.”

두 사람은 동시에 바깥을 보았다. 비바람은 여전히 정

신없이 몰아치고 있었다. 지나가는 행인들의 우산이 종종 뒤집혔다. 에이미는 지갑에서 연극 티켓을 꺼냈다. 스탠딩. 셰익스피어 글로브는 천장이 없는 극장으로 유명했다. 그녀는 슬슬 걱정이 되었다. 서서 보는 것도 모자라 비까지 맞아야 할지도 몰랐다. '제프리, 의심을 안 한 내가 바보다.' 그녀는 한숨을 쉬었다.

"어? 글로브 티켓이네요?"

헨리가 남은 물기를 털며 그녀에게 물었다.

"네. 오늘 일곱시에 햄릿 보러 가거든요."

"아, 맞다. 잠시만요."

그가 시계를 보고는 가방에서 지갑을 꺼냈다. 기념품 상점으로 들어가더니 이내 에이미의 시야에서 사라졌다. 잠시 후, 그는 테이트 로고가 박힌 우산을 사들고 나왔다. 홀딱 젖은 양복과 정갈히 포장된 우산이 어울리지 않는 듯했다.

"가야 할 것 같아요. 일이 있거든요."

헨리는 주섬주섬 물건들을 챙겼다. 에이미는 자리에서 일어나 시간을 확인했다. 오후 다섯시였다. 둘은 가볍게 포옹을 했다. 남자는 타자기가 든 가방을 메고 밖으로 나섰다. 책상과 의자를 자전거 뒷부분에 묶었다. 우산은 그의 턱과 어깨 사이에 고정되어 있었다.

에이미는 여전히 그가 데이비드인지, 괜찮은 시인인지 알고 싶었다. 그녀의 발 근처 바닥은 온통 그에게서 떨어진 빗물로 흥건했다.

에이미의 걱정은 현실이 되었다. 연극이 시작하고 나서도 비는 그치지 않았다. 그녀는 왼쪽 벽면에 붙어 서 있었다. 엉덩이를 축 내려 기댄 자세였다. 편하지는 않았다. 그녀의 신발이 젖은 땅에 자꾸만 미끄러졌다.

인터미션이 시작되고 그녀는 가방을 바닥에 내려놓았다. 그 위에 앉았다. 얇은 가죽으로 축축한 한기가 올라오는 듯했다. 그녀는 다 마신 맥주병의 목을 잡고 이리저리 굴리며 방금 끝난 일 부에 대해 생각했다. 햄릿은 흑인이었고, 강했다. 힘이 있는 햄릿. 에이미는 처음 보는 느낌의 햄릿이 싫지 않았다. 궁지에 몰릴수록 더욱 강인해지는 배우의 연기가 꽤나 매력적이었다.

그녀의 발바닥이 퉁퉁 부어 따끔거리는데, 누군가 그녀의 앞에 섰다. 남자 신발이었다.

"재미있어요?"

헨리였다. 그는 스태프들처럼 빨간 앞치마를 입고 투명 쓰레기봉투를 들고 있었다. 머리카락은 살짝 젖어 있었고 주황색 넥타이는 매지 않은 상태였다. 에이미는 자리에서 일어났다. 헨리는 그녀의 손에서 병을 가져가 봉투 안에 넣었다. 그러고는 그녀를 지나쳤다. '닮은 사람인가.' 그러기에는 생김새와 목소리가 너무나도 비슷했다. 에이미는 가방을 집어 벽에 기대섰다. 움직이는 헨리를 눈으로 좇았다. 그는 관객들에게서 쓰레기를 받아 비닐봉지에 넣었다. 자신에게 그랬듯, 간간이 사람들과 대화도 나누었다.

그가 다시 곁에 왔을 때, 에이미는 기회를 놓치지 않았다.

"안녕하세요."

"비가 안 그치네요."

헨리가 손바닥을 펴 빗방울을 받았다.

"헨리 맞죠?"

그는 말없이 미소 지으며 고개를 끄덕였다. 에이미는 그에게 자신을 기억하느냐고 물었다. 헨리는 그녀의 옆에 기대섰다. 관객들은 그가 들고 있는 봉지에 쓰레기를 넣으며 둘을 지나쳤다.

"시인이라면서요."

에이미가 속삭였다. 헨리가 입을 열려는데, 한 직원이 그들 쪽으로 다가왔다. 그는 조용히 반대쪽으로 걸었다. 직원이 에이미 옆에 섰다. 이 부를 알리는 종소리가 울렸다. 무대에는 안개가 깔렸다. 바이올린 선율의 음악이 흘렀고 배우들이 하나둘씩 모습을 보였다. 헨리는 여전히 다른 게이트 앞에서 쓰레기를 받고 있었다. 에이미는 허리를 숙여 그를 좇았다.

그녀가 겨우 고개를 들었을 때, 그는 자리에 없었다. 에이미는 붉은 커튼 사이로 얼굴을 내밀었다. 똑같은 앞치마를 입은 사람들이 물건을 정리하고 있었다. 의상 준비를 마친 배우들도 동선에 맞추어 움직였다. 그녀의 뒤로 관객들의 웃음소리가 들렸다. 그녀는 손에서 커튼을

놓았다.

연극이 끝날 때까지 헨리는 나타나지 않았다.

에이미는 한창 제프리의 선심을 받아주고 있었다. 달이 지나가는데도 제프리는 그녀에게 '아까운 햄릿 티켓'에 대해 떠벌렸다. 그녀는 티켓을 괜히 받았다고 생각하면서도 겉으로는 매번 고맙다고 대답했다. 덕분에 일생 최고의 휴일이었다고. 이러면 유월에는 작품이 안 까일까. 그녀는 여전히 자신이 하는 일에 확신이 없었다.

그녀의 동료 조지는 외근에서 돌아온 후로 계속 조용했다. 모니터와 종이, 녹음기만을 만져댔다. 그녀는 자꾸만 조지가 신경 쓰였다. 데이비드에게서 온 편지를 지운 것 말고는 딱히 할 일이 없었다. 에이미는 조지를 불렀다.

둘은 회의실로 들어갔다. 커피를 마시며 타워브리지를 내려다보았다.

"이번에 내가 뽑은 작품 말이야. 작자 인터뷰를 하고

왔는데, 이걸 써야 할지 말아야 할지 모르겠네."

조지는 구레나룻을 가볍게 긁었다. 그녀는 넓은 책상에 올려져 있는 서류 뭉치를 보았다. 헨리 마틴. 이 주 만에 들은 그의 이름이었다.

"뭐가 걱정인데?"

에이미는 조지를 의자에 앉혔다. 조지는 짜증을 냈다.

"그게, 유령작가더라고."

헨리는 이름을 대면 알 만한 앵커들의 자서전을 대필한 경험이 있었다. 보통은 유학생들의 논문을 교정해주는 것으로 생활을 이어갔다.

헨리는 대학생 때, 학교 주최의 백일장에서 당선되면서 시에 관심을 가지게 되었다. 자주는 아니었지만 몇 번 교지에도 실렸다고 했다. 그러면서 그는 이 길이 천직이라 생각하기 시작했다. 하지만 돈을 벌지는 못했다.

그는 작가 에이전시에서 몇 년간 일했다. 보수가 많은 편은 아니었지만 일찍 끝나 개인 일을 할 수 있었다. 시에 대한 열정과 아내 캐시를 위해서는 최선의 직장이었다.

마틴 부부는 사이가 좋았다. 적어도 삼 주년까지는. 캐시의 유산이 문제였다. 그녀는 우울증에 시달렸다. 매주 병원을 가고 약을 먹어야 했다. 헨리의 간호도 큰 도움은 되지 못했다. 그러다 그는 한 앵커에게서 연락을 받았다. 자서전을 대필할 사람을 찾고 있는데 적당한 작가가 에이전시에 있느냐는 내용이었다. 그는 앵커에게 자신의 시와 칼럼을 보냈다.

앵커가 생각한 절반의 계약금으로 헨리는 유령작가가 되었다. 그는 회사를 그만두었다. 앵커의 곁에 붙어 일거수일투족을 기록해야 했기 때문이었다. 며칠 동안 집에 들어가지 못하기도 했다. 첫 책이 좋은 평을 받고 그의 이름은 암암리에 유명해졌다. 몇 권을 더 집필하는 사이 캐시의 우울증이 더 심해지는 것은 눈치채지 못했다.

재작년. 헨리는 대필에서 완전히 손을 털었다. 캐시가 두 번째 임신을 한 것이었다. 그는 우울한 임산부, 아내가 걱정이었다. 그래서 집에서 할 수 있는 일을 찾았다. 그렇게 유학생들의 논문을 교정해주기 시작했다. 그는 항상 그녀 옆에 있었다. 시간이 날 때면 시를 써 그녀에게 선물했다. 그러나 캐시의 우울을 덜어주지는 못했다. 캐시는 결국 두 번째 유산을 했다.

헨리가 딱 하루 집을 비운 날이 있었다. 대필을 다시 시작하려 의뢰인을 만나러 나간 날이었다. 캐시는 그에게 자신의 곁에 앉아 시를 쓰라고 했다. 당신의 타자기 소리가 듣고 싶어, 라고. 그는 제대로 된 수입이 필요했다. 그녀의 통원 치료를 위해서였다. 그는 캐시의 이마에 작은 입맞춤을 했다. 그날 이후, 부부는 더는 서로를 위로하지 못하게 되었다.

에이미는 조지의 손글씨가 가득한 종이 뭉치를 내려놓았다. 어깨가 뻐근했다. 조지의 표정은 어두웠다. 가볍게 읽을 수 있는 인터넷 잡지에는 썩 어울리지 않는 인터뷰였다. 어느 부분을 내놓아도 작가의 사생활이었다. 조지는 그에게 강요하지 않았다고 했다. '어떻게 시를 쓰게 되었느냐'는 질문에 헨리는 그저 솔직했을 뿐이었다.

"내가 듣다가 그런 이야기는 안 해도 된다고 했거든.

그런데도 끝까지 하는 거야. 그러면서 '살리려고 할수록 죽었다'는 슬픈 말을 하더라. 나이도 얼마 안 된 것 같던데. 뭔 삶이 그런지."

에이미는 말없이 인터뷰를 다음 장으로 넘겼다. 조지가 빈 커피잔을 빙빙 돌렸다.

"맞다. 글로브에서 봤을 수도 있겠다. 거기서 일한다던데."

"그래?"

"그리고 당선 연락 받고 기분이 어땠느냐고 물었거든. 테이트 모던에 갔었대. POET FOR HIRE라고 붙여 놓고 시 썼다 그러더라고. 딱 한 명이 자기 시를 사 갔는데 비에 젖어서 못 줬다고. 그래서 가능하면 꼭 실어달라고 한 작품을 더 주더라. 직접 손으로 쓴 거라 그래서 받아오긴 했는데. 종이가 완전 쓰레기야. 덧썼는지 읽히지도 않더라. 올릴 수 있을까? 읽어볼래?"

"됐어. 그리고 당연히 못 올리지. 왜 그래? 신입도 아니고."

에이미는 종이 뭉치를 조지 앞으로 밀었다. 그는 눈을

크게 뜨며 고개를 끄덕였다.

"당선 소감은 뭐래? 그것도 어두워?"

그녀는 헛기침을 하며 휴대전화를 만졌다. 퇴근 시간까지 오 분이 남아 있었다.

에이미는 벤치에 앉아 커피를 마셨다. 그녀의 손에는 더럽게 구겨진 종이 한 장이 들려 있었다. 서류가 가득 든 가방은 그녀의 옆에 각이 잡혀 놓여 있었다. 주변에는 타워브리지를 보려는 사람들로 시끌벅적했다.

하나, 둘. 그녀의 정수리로 빗방울이 떨어졌다. 비는 금세 거세졌고 아플 정도로 퍼부었다. 에이미는 커피를 내려놓고 종이를 있는 힘껏 구겼다 폈다. 종이는 더욱 너덜너덜해졌고 얇아졌다. 빗방울은 빠르게, 산발적으로 잉크를 지워갔다. 그날처럼 제목과 그의 이름, 대부분의 단어를. 그녀는 일부러 종이를 높게 들어 가로등 빛에 비추었다. 너만은. 잔존. 결국. 함께. 묘하게 문장이 되는 듯했다.

그녀는 가방을 왼쪽 어깨에 메고 자리에서 일어났다.

발걸음을 옮기며 방금 조명을 밝힌 타워브리지를 바라보았다. 다리는 금빛으로 빛나고 있었다. 가운데 통로 위에서는 유니언 잭과 세인트 조지 크로스가 힘차게 펄럭였다. 그녀는 아래서 올려다보는 성 같은 두 탑에서 위엄을 느꼈다. 탑을 중심으로 날개처럼 뻗은 파란색 철근 때문인 것 같았다.

에이미는 미끄러지는 가방을 고쳐 멨다. 타워브리지는 언제나처럼 그 자리에 있었다. 그녀의 가방도 언제나처럼 무거웠다.

# 해피 뉴 이어

원인은 언제나 사소하다. 그러니까 첫 해외 여행지를 디종으로 정한 이유도 별다를 게 없었다. 이모가 살아서, 그게 다였다.

"몸은 괜찮아?"

부엌에서 이모가 뒤도 돌아보지 않고 물었다. 이층에서 내려오는 내 발소리를 들었을 터였다. 식탁 의자에 앉아 신문을 보고 있던 이모부가 나를 올려다보았다. 나는 쑥스럽게 봉주, 했다. 이모부도 똑같이 봉주, 했다. 물론 발음은 달랐다. 그 뒤로 무슨 말을 덧붙였지만 알아들을 순 없었다. 아침을 먹으라는 것 같았다. 식탁에는 빵과 잼, 계란이 차려져 있었다. 다시 멀미기가 도진 듯 속이 울렁거렸다.

이틀 전, 나는 파리 샤를 드골 공항행 비행기에 몸을 실었다. 고대하던 첫 비행에 온몸이 설레었다. 연말이라 어렵게 구한 티켓이었기에 들뜬 감도 없지 않았다. 게이트가 열리기 전, 면세점을 구경하며 잠깐 상상했다. 헤드폰을 끼고 영화를 본다, 레드 와인을 마시고 옆 좌석에 앉은 멋진 남성과 유창한 외국어로 이야기를 나눈다. 그 남자가 연락처를 달라고 하면 어쩌지? 환상은 짧고 현실은 길었다. 드라마와 달리 좌석은 비좁아 터졌고 '그 남자'는 '배불뚝이 아저씨'였으며 맞아떨어진 것은 레드 와인뿐이었다. 유리잔이 아닌 플라스틱 컵은 좀 유감이었지만. 또 시나리오에는 없던 촌스러운 멀미가 내내 나를 괴롭혔다. 비행의 백미라는 기내식은 열어보지도 못했다. 옆 좌석의 승객은 쩝쩝대며 뚜껑도 열지 않은 도시락과 나를 번갈아 보았다.

대단한 멀미는 착륙 후에도 계속 됐다. 조금만 움직여도 세상이 흔들렸고 귀에선 윙윙거리는 소리가 들렸다.

캐리어를 질질 끌고 테제베를 탔다. 목적지까지는 두 시간 반 정도를 더 가야 했다. 다행히도 고속열차는 흔들리지 않았다. 대신 내 속은 자유롭게 흔들리고 있었다. 믿지도 않는 신을 찾으며 구토를 억눌렀다. 물조차 마시기 힘들었다. 잠도 오지 않아 멍하니 손잡이만 뚫어지게 쳐다보았다. 지겨운 갈증을 끝으로 디종 역에 도착한 내 몰골은 영혼 없는 고목이었다. 오 년 만에 만난 이모는 날 알아보지 못했다. 덕분에 어제 하루를 침대에 누워 날릴 수밖에 없었다. 프랑스에 도착해서 처음 한 게 잠자기라니. 꽤 부자가 된 기분이 들었다.

그렇게 하루가 지났지만 속은 여전히 메슥거렸다. 일단 포크를 들긴 했는데, 그저 무겁기만 할 뿐 제 쓰임을 하지는 못했다. 그런 나를 보고 있던 이모부의 입에서 아주 느리게 '시리얼'이라는 단어가 나왔다. 나는 농, 농, 했다. 이모부는 내 대답에 자리에서 일어나 시리얼과 우유를 들고 왔다. 그러고는 흡족한 표정을 지었다. 뭔가 잘못 전달된 듯했다. 어, 이게 아닌데. 급히 사방을 둘러보았다. 이모가 보이지 않았다. 나는 우는지 웃는지 모를 얼굴로 메시, 하고 시리얼을 부었다. 이모부는 자리로 돌아와 남은 식사를 마치며 나에게 유창한 영어로 날씨에 대해 물었다. 형편없는 영작으로 겨우겨우 대화를 이어갔다. 불어도 안 되고 영어도 안 되고. 답답하긴 이모부도 마찬가지였으리라. 여행프랑스어 책이라도 들고 내려올걸, 줄지 않는 시리얼만큼 후회가 밀려왔다.

맛있다가 불어로 뭔지 생각하는데 이모가 캐리어를 들고 방에서 나왔다. 이모부는 나에게 윙크를 살짝 날린 뒤 얼른 곁으로 가 짐을 받아 들었다. 나도 숟가락을 내려놓고 이모를 주시했다. 둘은 알아들을 수 없는 말로 속닥대더니 내 곁으로 왔다. 눅눅한 시리얼을 한 숟갈 크게 떠 얼른 입으로 밀어넣었다.

“너 이제 뭐 할 거야?”

계획은 따로 없었다. 그냥 오랜만에 이모랑 새해를 맞아볼까 했다. 그런데 이모와 이모부가 급히 프로방스에 사는 사촌오빠한테 가게 되면서, 의도치 않게 신정까지 홀로 보내게 되었다. 그냥 같이 가자는 이모의 권유는 못 들은 셈 쳤다. 테제베를 이틀 연속으로 탈 자신이 없었다.

"여기 열쇠 있고. 동네가 워낙 작아서 별로 볼 건 없을 거야. 이모부가 너 온다고 지도를 하나 사 왔는데 불어라서. 혹시 모르니까 줄게. 있는 거 찾아서 먹고 없으면……."

하더니, 지갑에서 돈을 꺼내 그릇 옆에 가지런히 놓았다.

"이모! 나도 돈 있어. 내 나이가 몇인데."

"받아. 세뱃돈이야."

이어서 이모는 문단속 잘해라, 낯선 사람 조심해라, 밤늦게 다니지 마라, 뭐 그런 잔소리 아닌 잔소리를 세 차례 정도 반복했다.

"여기 코너만 돌면 다이닝 펍 하나 있어. 밤에 출출하면 멀리 가지 말고 거기 가. 퀘사디아 맛있고, 주인이 영어를 잘하거든. 문제없을 거야."

이모와 이모부는 집을 나섰다. 나는 방으로 돌아와 몸을 뉘었다. 이내 단잠에 빠졌다.

해는 사라진 지 오래였다. 깜짝 놀라 시계를 보았다. 형광 처리 된 시곗바늘이 일곱시를 가리키고 있었다.

다시 내려간 일층은 휑했다. 냉장고 돌아가는 소리만 들릴 뿐이었다. 부엌으로 갔다. 식탁 위는 아침과 다를 바 없었다. 손대지 않은 아침식사와 먹다 남은 시리얼과 돈. 나는 딱딱해진 빵을 주워 들었다. 한입 베어 물었다. 돌이었다. 배가 고파왔다. 냉장고를 열었다. 무언가 많긴 했지만 딱히 해먹고 싶진 않았다. 귀찮았다. 나가야겠다. 냉장고 문을 닫았다.

샤워를 마치고 나오니 여덟시가 다 되어가고 있었다. 지체할 시간이 없었다. 간단히 돈과 여행프랑스어 책을 들고 밖으로 나왔다. 이틀 만에 마시는 바깥 공기였다. 제법 추웠지만 한국에 비하면 시원한 정도였다. 거리를 둘러보았다. 주변의 집들은 여전히 크리스마스 분위기에 싸여 있었다. 트리는 당연했고, 집 외부 전체를 전구로 감싼 집도 있었다. 눈이나 왔으면, 싶었다.

느린 발걸음을 이어가니 모퉁이가 나왔다. 그곳을 돌아 투박한 거리 위, 두 번째 불 꺼진 가게를 지나자 펍이 하나 있었다. 정말 정직하게 'PUB'이라고 적혀 있었다. 바깥에는 테라스가 있었다. 앉아 있는 손님은 없었지만, 탁자와 의자는 깨끗이 정돈되어 있었다. 유리문 아래에는 드럼 사진이 삽입된 포스터가 하나 붙어 있었다. 뜻 모를 알파벳 아래로 20:00 29 > 30. 12. 12.가 보였다. 문틈으로 조용히 음악 소리가 흘러나왔다.

카운터로 갔다. 직원은 세 명이었는데 어느 누구도 나에게 관심을 가져주지 않았다. 내가 자신 없는 투로 실 부쁠레, 하자 한 직원이 봉수와, 마드모아젤르, 하며 다가왔다. 나도 봉수와, 하고 다음에……, 어, 그사이를 못 참고 준비한 말을 까먹었다. 긴장한 나머지 한국어로 '잠시만', 하고 손바닥만 한 책을 뒤지려는데 그가 영어로 물어왔다. 기대하지 않았던 친절에 안도의 한숨이 나왔다. 칩스 앤 비어 플리즈, 그가 웃었다. 그때, 드럼과 기타 반주가 들려왔다. 밴드가 공연을 시작한 듯했다.

주문한 감자튀김과 맥주를 들고 관객석 맨 뒤에 섰다. 처음으로 보는 라이브 연주였다. 사람들은 하나같이 손에 맥주나 와인을 들고 노래를 즐겼다. 따라 부르는 사람은 없었지만 대부분이 리듬에 몸을 움직였다. 무언가 신기했다. 나도 슬쩍 어깨를 들썩였다. 맥주는 첫 맛이 꽤나 썼다. 입안을 달래려 감자튀김을 입으로 주워 먹었다. 따끈하니 맛있었다. 좀 살 것 같았다.

맥주가 한 입 정도 남았을 때, 밴드는 무대에서 내려갔다. 내 앞에 앉아 있던 사람 하나도 자리를 떴다. 주위를 살핀 후 그곳에 앉았다. 앞에서는 다른 밴드가 올라와 무대를 세팅하고 있었다. 그 모습을 보며 남은 감자튀김을 구겨넣었다. 그중에는 동양인도 한 명 있었다. 그는 몇 번 손기타 연습을 하더니 노래를 시작했다. 빠르지 않은 템포에 듣기 좋은 음악이었다. 저음에 가까운 동양 남자의 목소리가 매력적이었다. 나는 아까처럼 발목과 고개를 움직였다. 슬슬 심장이 빨리 뛰었다. 양 볼은 뜨겁다 못해 터지기 일보 직전이었다.

그의 땡큐, 인사로 첫 번째 곡이 끝났다. 사람들의 박수 소리 뒤로 약간의 정적이 흘렀다. 남자는 뒤에서 의자를 가져와 앉았다. 마이크 대를 앉은키에 맞추고 다른 노래를 시작했다. 조용한 곡이었다. 노래와 함께 취기가 가라앉았다. 하지만 술버릇은 어쩔 도리가 없었다. 눈꺼풀이 급격히 무거워지더니 졸음이 몰려왔다. 눈을 살짝 감았다 뜨기를 반복했다. 그 와중에도 이성은 있었는지 대놓고 조는 건 무대에서 노래하는 사람에 대한 예의가 아니라고 생각했다. 노래가 끝나고 박수를 치며 자리에서 일어났다. 그러면서 보컬과 눈을 마주쳤다. 나는 손을 높이 들어 더 세게 박수를 쳤다.

바깥으로 나왔다. 차가운 공기가 몸에 닿자 내가 얼마나 취해 있었는지 대략적으로 알 수 있었다. 이 정도로 약하진 않았는데. 테라스의 작은 벤치에 몸을 기대어 편하게 눈을 붙였다. 길게 숨을 쉬었다. 발바닥 끝까지 시원해졌다. 귓가에 새로운 노랫소리가 아주 작게 들려왔다. 저 밴드의 노래를 들으면 떠오르는 밴드가 있는데, 누구였더라. 모르겠다. 정신이 드는 대로 빨리 집으로 돌아가고 싶었다.

노래가 멈췄다. 사람들의 호응이 길게 이어졌다. 그 밴드의 무대가 완전히 끝난 듯싶었다. 나도 이제 가야 할 텐데. 마음과 달리 몸은 여기가 제집인 양 움직이지 않았다. 그대로 드러누워 내일은 뭐 할지 다른 생각을 했다. 광장이 유명하다던데 거기를 가볼까, 하는데 지나가는 프랑스어가 들렸다. 아휴. 내일도 언어의 장벽에 부딪혀야 한다. 미리 유용한 표현을 종이 한 장에 적어 가야지. 감고 있던 눈을 천천히 떴다.

나는 그러고도 자리에서 일어나지 못했다. 눈만 몇 번 끔벅일 뿐이었다. 어디선가 많이 본 남자가 내 앞에 서 있었기 때문이었다. 누군지 채 파악되기도 전에 남자가 뭐라고 말을 걸어왔다. 못 알아듣는 걸 보니 영어는 아니었다. 순간적으로 별생각이 다 들었다. 납치부터 시작해서 마약, 매춘 등등. 상종을 하지 않는 것이 상책이다. 입을 꾹 다물었다. 남자는 다시 느리게 같은 말을 반복했다. 무서워졌다.

"뭐야. 나 불어 몰라. 잉글리시, 플리즈."

나지막하게 떨었다. 내 답답함을 아는지 모르는지 남자는 내 옆으로 다가와 엉덩이를 의자에 내려놓았다. 나는 몸을 최대한 뒤로 빼며 낯선 이를 쳐다보았다. 내 기억이 맞는 한, 그는 두 번째 밴드의 보컬이었다. 나한테 왜 이러는 건지, 본의 아니게 그의 두 눈을 한동안 바라보았다. 낮은 밤바람에 남자의 눈동자가 흔들렸다.

"한국분이세요?"

조용히 고개를 끄덕였다.

"괜찮아요? 여기서 이러고 있으면 위험해요."

"아, 네. 고맙습니다."

바로 자리에서 일어났다. 남자도 함께 일어났다. 여행 왔느냐는 질문에 나는 고맙다는 말만 되풀이하고 몸을 한껏 움츠렸다. 그대로 돌아 발걸음을 빨리했다. 불 꺼진 상점에 드문드문 불을 밝힌 가로등은 주변을 더욱 어둡게 만들었다. 불안해서 자꾸 뒤돌아보았다. 역시 늦은 밤에는 혼자 움직이는 게 아니었다. 코너를 돌자 밝은 집들이 보였다. 이모 집이 가까이에 있어 다행이었다. 팔짱을 풀고 어깨를 폈다. 내일은 일찍 일어나 제대로 된 관광을 해야겠다. 코트 주머니에서 열쇠를 꺼냈다. 놓고 온 여행프랑스어 책이 생각난 건 화창히 갠 다음 날 아침이었다.

어쩐지 아무리 찾아도 없더라니. 대문을 잠그며 붕어 같은 기억력을 탓했다. 책이 없으면 당장 화장실도 못 가니 적어도 나에게만큼은 필수 소지품이었다. 펍으로 가는 길을 다시 걸어 코너를 돌았다. 그러고는 햇살 아래 새롭게 보이는 거리에 코웃음을 쳤다. 눈에 띄게 화려한 것은 없었지만, 자기만의 개성을 갖춘 건물들이 나름대로의 풍경을 만들고 있었다. 창문이 많은 저층상가 너머 보이는 시계탑과 앙상한 나무들도 어울렸다. 분주히 움직이는 사람들 사이에 섰다. 어젯밤 문을 닫았던 첫 번째 가게는 베이커리였고, 두 번째는 음반 가게였다. 가까이 다가가 베이커리의 진열대를 구경했다. 책을 찾으면 저기 저 빛나는 치즈쇼트를 먹으리라.

술집 출입문을 열었다. 몇몇 사람들이 작은 무대에서 연주를 하고 있었다. 손님은 없었다. 내 헛기침에 음악 소리가 멈추었다. 기타를 든 한 남자가 불어로 뭐라고 했다. 나는 난처한 표정을 지었고, 남자는 언성을 높였다. 대낮부터 이게 무슨 꼴인지, 울고 싶었다. 어색한 프랑스어는 포기하고 보디랭귀지로 해결해야 하나 고민하는데 다른 남자가 잠깐 불어로 뭐라 하더니 영어로 말을 걸었다. 숨겨왔던 영어 실력을 뽐낼 기회였다.

“예스터데이, 아이 로스트 어 스몰 북 히어…….”

남자는 노, 간결하게 말했다. 망했다. 굿바이 인사를 하고 밖으로 나왔다. 어제처럼 테라스의 벤치에 앉았다. 머리를 굴렸다. 이 위기를 타파할 방법은 세 가지였다. 집에만 박혀 있거나, 손짓발짓으로 하루하루를 넘기거나, 다른 하나는,

“또 여기 앉아 있네요.”

동행인을 구하거나.

“몸은 괜찮아요?”

“안녕하세요.”

옆으로 몸을 움직여 자리를 만들었다. 남자가 앉았다.

“이 시간에 여기 왜 있어요? 아직 안 열었는데.”

나는 방금 있었던 일을 푼수처럼 늘어놓았다. 혹시나, 하는 마음에 할 줄 아는 불어라고는 인사말 정도뿐이라는 필요 이상의 불쌍한 척도 곁들였다. 그래서 손님이 없었구나, 멋진 마무리까지. 그의 표정은 따뜻했다.

"디종은 볼 게 없어요. 파리 같은 관광지도 아니고. 기껏해야 광장 정도인데……."

그건 진작부터 알고 있었다. 차라리 돈을 더 모아 파리나 니스를 가라던 이모의 충고가 떠올랐다. 애초부터 관광이 목적이 아니었으니 볼거리는 중요치 않았다. 그러니까 나는, 단지 새해를 디종에서 보내고 싶었을 뿐이었다. 그래도 심심한 건 싫으니까. 가방에서 펜과 종이를 꺼냈다.

"죄송한데 간단한 불어 조금만 알려주시면 안 될까요? 얼마예요, 화장실이 어디예요, 이런 거요."

"그래요. 카페라도 갈래요? 여긴 너무 추우니까."

남자는 나를 베이커리로 데려갔다. 그는 내게 디종은 왜 왔느냐고 물었다. 사촌오빠 때문에 일이 꼬였다며 이모 이야기를 했다. 물론, 다시 한 번 내 상황을 설명하는 것도 잊지 않았다. 이모부가 사놓은 지도도 죄다 불어라 쓸모가 없고, 믿고 가져왔던 책도 없어졌으니 막막할 뿐이라고. 당신의 도움이 절실히 필요하다는 압박이었다. 반짝이는 내 눈을 보던 그는, 막 다아시 광장에 가던 길이었다며 괜찮으면 동행하자고 했다.

생각보다 빠른 전개였다. 동행인도 나쁘지 않겠다고 생각했지만, 막상 제안을 받으니 겁이 났다. 내가 이 남자의 뭘 믿고 따라다니나, 다아시 광장이라고 해놓고 이상한 곳을 갈 수도 있으니 말이다. 내가 허허 웃고 말자 남자는 다시 입을 열었다.

그는 스코틀랜드에서 국제법을 공부하는 대학원생이었다. 대학생 때 친구들끼리 밴드를 만들었고 디종은 공연 일로 재작년에 처음 왔다고 했다. 그 펍에서 연말마다 아마추어 밴드 페스티벌이 열려 매년 이때쯤 온다며 내 눈치를 살폈다. 어제 공연이 끝났으니 오늘은 할 일이 없다고. 불어는……. 고등학생 때 파리에 이 년 정도 살았어요. 합격, 나는 고개를 끄덕였다.

광장에 가려면 먼저 디종 역을 찾아야 했다. 우리는 버스를 타지 않기로 했다. 베이커리에서 나와 큰길을 따라 걸었다. 보도 옆으로 비슷하게 생긴 건물들이 빼곡히 자리하고 있었다. 나는 행인들과 부딪치지 않기 위해 그의 곁에 바짝 붙어서 걸었다. 어깨가 살짝 닿았다. 남자가 나를 내려다보았다. 재빨리 시선을 피해 발걸음을 재촉했다. 그를 앞질러 다섯 걸음 정도 갔을까, 저기요, 그의 목소리가 나를 불러 세웠다. 오른쪽으로 가야 하는데. 분위기가 싸해졌다. 두 블록을 지날 때까지, 그도 말이 없고 나도 말이 없었다. 얼마나 더 가야 하는지를 모르니 대화가 필요한지, 이대로 가도 괜찮은지 알 길이 없었다. 아무 주제나 던져 이야기를 해야 하나. 머리끝이 간지러웠다.

"티켓 구하기 힘들지 않았어요?"

남자를 올려다보았다. 반가운 질문이었다.

"어려웠죠. 티켓 값도 비쌌고."

"여름에 오시지. 그때가 지역 축제도 있고 볼 게 많은데. 근데, 학생이에요?"

"도착하려면 얼마나 남았어요?"

남자가 살짝 인상을 찌푸렸다. 이런. 너무 대놓고 피했나 보다.

지난달까지 나는 보험회사에서 근무하고 있었다. 대

학 졸업 직후 입사한 첫 직장이었다. 직함은 '상담원'이었다. 전화상담원. 주 업무는 불편사항 신고 접수였다. 아무 죄도 짓지 않고 하루 종일 욕을 먹을 수 있는 감정노동자였다. 햇살 한 점 들어오지 않는 칸막이에 갇혀 얼굴 모를 상대와 입씨름을 해야 했다. 죄송합니다, 고객님. 많이 불편하셨겠어요. 입에 달고 살아야만 했던 인사말들 중 하나였다. 말이 좋아 인사말이지, 나에게는 그저 내가 동네북이 되어도 좋다는 암묵적인 신호일 뿐이었다. 사람 상대하는 일이 다 그렇다, 하루에 한 번씩 타의로 부처가 되었다. '불편합니다, 고객님. 많이 죄송하셨겠어요.' 오 년 동안 반복되는 일상만큼 머릿속에서만 맴도는 이상의 구절이었다.

쭈그러드는 나와는 반대로 회사는 나날이 성장했다. 그러더니 2012년, 신년이 밝기 무섭게 사무실을 늘려 확장, 이전했다. 임직원들이 회사 유리문 앞에서 테이프 커팅을 하던 날, 나는 박수를 치지 않았다. 웃지도 않았다. 딩동. 대신 사내 메신저로 경고를 받았다. '경고 삼 회 누적 시 특별조치가 있을 예정입니다. 사유: 2012.

01. 02. 불친절.' 새해 복 많이 받으라고 인사했더니 너나 많이 받으라고 버럭 화를 내던 고객의 짓이었다. 담담히 '읽음' 버튼을 눌렀다. 딩동. '주말근무제 시행 예정. 2012. 01. 03. 09:00 회의.'

참으로 멋진 신년 행사였다. 옆자리에서 근무하던 성희 씨는 수당을 더 받을 수 있다며 좋아했다. 진심이냐고 물었다. 잘리는 것보다야 낫다는 그녀의 말에 다른 대꾸는 하지 않았다. 그날 밤, 집으로 돌아와 침대 아래 박아두었던 적금통장을 꺼냈다. 학자금 대출을 청산하고 처음 만든 일 년짜리 적금이었다. 만기일 2012년 11월 15일. 나는 통장을 던져놓고 자명종의 알람을 켰다.

"무슨 생각을 그렇게 해요?"

남자가 발걸음을 멈췄다. 바닥만 보고 걷던 나도 고개를 들어 주변을 살폈다. 익숙한 광장에 도착해 있었다.

"저기가……."

디종 역이었다. 시체처럼 실려 왔던 첫날의 악몽이 떠올랐다. 이틀 뒤에 저 소굴로 다시 기어들어갈 생각을 하니 헛구역질이 올라왔다. 몸을 바르르 떨었다. 남자는 사진을 찍어주겠다며 쓸데없는 호의를 베풀었다. 별로 추억하고 싶지 않은 곳이라고 손사래를 쳤다.

"오 분 정도만 더 걸으면 돼요. 다아시 광장 가면 가고 싶은 데나, 하고 싶은 거 없어요?"

"없는데."

있을 리 만무했다. 다아시 광장이 여기 있는지도 방금 전에 알았는걸. 일단 가서 찾아보겠다고 했다. 떠나는 그의 발을 좇았다.

회사는 진짜로 일요일에도 직원들을 불러냈다. 격주 근무라 다행이라던 성희 씨의 얼굴도 한여름에 가까워지자 빛을 잃어갔다. 그 무렵, 나는 여름휴가를 앞두고 있었다. 휴가는 주말을 포함하여 딱 사흘이었다. 그나마 위안이 되는 건 육십만 원 챙겨주는 여름 보너스였다. 계획은 달리 없었다. 매년처럼 집구석에 처박혀 아이스크림이나 퍼먹기. 신나지도, 즐겁지도 않았다.

짧은 휴가가 끝나고 가을에 접어들어도 달라지는 것

은 없었다. 한 주 걸러 일요일에는 회사에 나와야 했고, 월요일 아침마다 부장의 비위를 맞춰야 했다. 어김없이 얼굴 모를 사람들에게 욕을 먹어야 했으며 감흥 없는 해결책을 주절거려야 했다. 나는 더 이상 지칠 것도 짜증 낼 것도 없었다. 그냥 감정이 없었다. 사이보그같이 변해가는 나와는 반대로 성희 씨는 개성을 찾아갔다. 그녀는 점심시간만 되면 나를 붙잡고 회사 뒷담화에 여념이 없었다. 월급이 너무 적다느니, 복리후생이 별로라느니 내가 삼 년 전부터 차근히 곱씹던 것들을 유감없이 폭로했다. 그녀의 변화는 확실히 신선했다. 그전까지는 없었던 소소한 재미이기도 했다.

문제의 그날도 오전까지는 똑같았다. 정시에 출근해서 일을 하고 밥을 먹고 성희 씨와 수다를 떨었다. 자리로 돌아와 다시 근무에 들어갔다. 나른한 두시가 되어 조금씩 어깨가 늘어질 때, 부장이 나를 불렀다. 불만사항이 접수됐다는 게 이유였다. 어제 나와 상담을 한 사람인데, 너무 괘씸해서 사과를 받고 싶다는 것이었다. 내 잘못을 물었다. 부장은 따지지 말고 화내지 말고 무

조건적인 사과를 요구했다. 앞으로 한 번 남았다고. 잘하다 올해부터 갑자기 왜 이래. 세 번이면 끽, 잘리는 거 알잖아. 나는 고객의 이름과 회원번호를 받아 자리로 돌아왔다. 인명부에 번호를 넣고 돌리자 상담 내용이 모니터에 떴다. 별 탈 없는 신고 접수였고 심지어 평가도 '매우 친절'에 표시되어 있었다. 일단 전화를 했다. 남자는 내 이름을 듣더니 대뜸 투덜거렸다. 내용인즉 내가 상담 내내 자신을 무시하는 말투였는데, 그 때문에 종일 기분이 언짢았으니 사과를 하라는 것이었다. 그러면서 고작 상담원 주제에 무슨 회장이라도 된 양 아는 척은 더럽게 한다며 그렇게 살지 말라고 훈수까지 두었다. 침착하게 고객님을 대여섯 번 불렀다. 개 같은 고객님은 왜, 왜, 내가 네깟 년한테까지 무시당하고 살아야 하냐, 하더니 욕지거리를 퍼부었다. 불편합니다, 고객님. 많이 죄송하셨겠어요. 불편합니다, 고객님. 많이 죄송……,

"죄송합니다, 고객님. 많이 불편하셨겠어요."

쓰고 있던 헤드폰을 벗어던졌다. 화가 나지도, 억울하지도 않았다. 지겨운 일상 중 하나일 뿐인데 한 번 더 지겹다고 뭐 그리 달라지겠는가. 내게 일상이란 바로 이런 것이었다. 지겹고 지겨운 것들이 쌓여가는 것. 나오지도 않는 눈물을 닦았다. 칸막이를 따라 꺾여 있는 내 그림자를 바라보았다. 부장이 나를 불렀다. 수고했어. 앞으로도 열심히 하자. 어깨를 다독였다. 부장의 손목에서 커프스가 비싸게 빛나고 있었다. 부장님, 흰 종이랑 편지봉투 있으세요?

사직서가 수료된 날, 나는 사내 은행에서 만기된 적금을 찾았다. 부장은 손에 들린 통장을 보더니 돈 많은 남자라도 잡았느냐고 빈정댔다. 불필요한 대화였지만 여행을 갈 거라고 했다. 부장은 한술 더 떠 우리나라에서 안 먹히니까 이제는 외국에 나가서 찾는다고 실실 웃어댔다. 아뇨. 나같이 재미없는 곳 떠나서 재미있는 연말연시 좀 보내보려고요. 옆에 있던 성희 씨가 엄지손가락을 치켜들었다.

"저기 개선문 보여요? 여기가 다아시 광장이에요."

침묵을 지키던 남자가 입을 열었다. 신호등 건너로 작

은 디종 개선문이 있었다. 나는 신호가 바뀌자마자 뛰어갔다. 그에게 카메라를 건네고 포즈를 취했다. 그는 카메라를 이리 돌리고 저리 돌리더니 다시 반대편으로 건너갔다. 횡단보도 앞에 서서는 수신호로 하나, 둘, 셋을 외쳤다. 나는 얼떨결에 브이를 그렸다. 제자리로 돌아온 그는 꽤 잘 나왔다며 카메라를 돌려주었다.

우리가 걷는 길은 뤼 드 라 리버테, 자유로라는 곳이었다. 곧게 뻗어 있는 보도를 따라 라파예트 백화점과 상점 거리가 나왔다. 배가 고파왔다. 그러고 보니 아침은 먹지도 않았고 점심은 케이크로 대충 때웠다. 남자에게 배고프지 않은지 넌지시 물었다. 그는 조금만 더 가면 자기가 좋아하는 샌드위치 가게가 나올 거라고 했다. 바로 저기예요, 손가락으로 가리킨 곳은 오래된 간판을 걸고 있었다. 뭐라 쓰여 있는지는 읽을 수 없었지만, 초록색의 글자가 예스러웠다. 참치 샌드위치가 맛있으니 그걸 먹자고 했다. 아무거나 괜찮았다. 대신 조건이 있었다. 실내가 아닌 밖에 앉아서 먹고 싶었다. 특별한 이유는 없었다. 날씨도 좋고, 그냥 그렇게 먹어보고 싶었다. 남자는 상관없다고 했다. 뒤쪽에 공원이 있으니 그리 가자고 했다. 가방을 뒤져 지갑을 꺼냈다. 이건 제가 살게요. 포장된 바게트 샌드위치 두 개를 양손 가득 받았다.

공원에는 아기를 데리고 온 가족들이 많았다. 우리는 벤치에 나란히 앉아 입을 크게 벌렸다. 샌드위치는 진짜 맛있었다. 프랑스는 음식의 나라라고 혼잣말처럼 칭찬했다. 추천인은 영국의 형편없는 요리들과 비교했다. 오죽하면 지옥의 주방장은 영국인이라는 말이 있겠느냐며 치를 떨었다. 실없는 농담에 웃는 사이 남자가 음식을 다 먹었는지 손을 털었다. 나도 남은 샌드위치를 얼른 먹어치웠다. 그가 우물대는 나를 보곤 대뜸 윙크하듯 코를 찡그렸다. 나도 따라 했다. 우리는 서로를 바라보며 또 웃었다.

"근데 나 궁금한 거. 이름이 뭐예요?"

통성명도 안 한 사이였다니. 새삼스러웠다.

"문수빈이오. 나이는 비밀이고, 한 달 전에 회사 그만둬서 지금 하는 일은 없어요."

"저는 김민석, 근데 아치가 더 편해요. 스코틀랜드에서 국제법 공부하는 대학원생이고요. 나이는 저도 비밀. 그리고 지금부터는 노트르담 성당에 갈 거예요."

자리에서 일어났다. 공원을 나와 시장 길로 돌아왔다. 앞쪽으로 높이 솟은 오래된 건물이 보였다.

우리는 성당 앞에 서서 아무 말도 하지 않았다. 나는 한참 고개를 꺾어 첨탑을 바라보다 벽 위로 손가락을 올렸다. 차갑고도 거칠었다. 그 거칠게 이어진 성벽을 따라 걸었다. 똑같은 모양의 성벽이었음에도, 손끝의 질감은 닿는 곳마다 달랐다. 밋밋하기도 했고 몸서리칠 만큼 따갑기도 했다. 일정한 진동에 손끝의 감각이 무뎌질 때쯤, 그가 멈춰 섰다. 그곳에는 작은 올빼미상이 붙어 있었다. 옅은 회색의 벽들과 달리 올빼미는 갈색이었다. 사진을 찍었다. 금붙이 아무거나 있느냐는 뜬금없는 그의 질문에 고개를 가로저었다. 그는 내 카메라를 가져가는 대신 자신의 손가락에서 반지를 빼내 오른손에 쥐여주었다. 왼손으로 이걸 만져요. 오른손에 금을 쥐고 왼손으로 올빼미를 만지면 행운이 온대요. 눈높이에 붙어 있는 올빼미에 손을 갖다 댔다. 올빼미는 한 손에 들어왔다. 차가웠던 성벽의 결이 점차 따뜻해졌다. 숨을 크게 들이마셨다 뱉었다. 그래야 할 것 같았다.

그와는 펍 앞에서 헤어졌다. 그는 아무래도 다른 밴드의 리허설을 도와줘야겠다고 했다. 그 탓에 부르고뉴 대공궁전과 디종 미술관, 생 미셸 교회에서는 사진 몇 장 남기는 걸로 만족해야 했다. 딱히 아쉽지는 않았다. 나도 다리가 아파오던 참이었으니. 그와 인사를 나누고 옆 음반 가게로 들어갔다. 가게는 어두운 조명에 질서 없이 붙은 포스터들로 꾸며져 있었다. 선반에는 생소한 가수들의 음반이 깔끔히 진열되어 있었다. 신중하게 고르는 척하며 흘러나오는 노래에 집중했다. 술에 취해 들었던 그의 음악과 닮아 있었다. 나는 계산대로 갔다. 무슈, 손가락으로 천장을 가리켰다. 직원은 혼잣말을 몇 마디 하더니 남자 얼굴이 박힌 회색의 음반 한 장을 건넸다. 라파엘이라는 가수였다.

집으로 돌아와 카메라를 꺼내 사진들을 돌려보았다. 부르고뉴 대공궁전의 북쪽 정원 사진이 특히나 마음에 들었다. 겨울인지라 나무보다는 작은 연못이 예뻤다. 연못만 따로 찍은 컷을 확대해서 이리저리 돌렸다. 수면 위에 이상한 무언가가 떠 있었다. 조금 더 확대했다. 어, 아치다. 남자의 실루엣이었다. 혼자 웃었다. 카메라를 끄고 오디오에 라파엘의 음반을 넣었다. 노래를 들으며 한참 동안 음반 재킷을 넘기고 또 넘겼다. 회색 종이에 분홍색으로 쓰인 가사들이 강렬했다. 소파에 배를 깔고 누웠다. 재킷 뒷장에 작은 메모를 남겼다. 2012. 12. 30. 디종에서 불어나 배워볼까? 펜 뚜껑을 닫았다.

늦잠을 잤다. 깨고 보니 사방이 어두웠다. 새벽인가 싶었지만 커튼 뒤로 보이는 창밖은 이상하리만치 활발했다. 동네의 젊은이들이 친구 또는 연인과 손을 맞잡고 시가지로 나가고 있었다. 오후 여섯시였다. 2012년의 마지막이 여섯 시간도 채 남지 않은 셈이었다. 기지개를 켰다. 협탁 위에 놓인 지도가 눈에 들어왔다. 어제 곁눈질로 길을 익혔으니 오늘은 쓸모가 있을지도 몰랐다. 가방의 남은 공간에 접어 넣고 집 밖으로 나섰다.

먼저 펍으로 향했다. 끼니를 때울 요량이었다. 출입구에는 첫날 보았던 록 페스티벌 포스터가 그대로 붙어 있었다. 문을 열었다. 무대 위는 악기로 세팅되어 있었고 테이블은 첫날처럼 손님들로 북적였다. 남은 자리가 없나 살피는데 구면인 직원이 헬로우, 인사를 건네 왔다. 그는 카운터에 마련된 일인용 좌석으로 안내했다. 나는 좌석에 엉덩이를 붙이면서 퀘사디아를 주문했다. 잠깐 숨을 고르고 지도를 폈다. 아는 곳이 하나둘 보였다. 플레이스 다아시, 뤼 드 라 리버테……, 아무튼 남자가 말한 자유로인 듯했다. 거리 끝 쪽에 플레이스 세인트 미셸이라고 쓰인 십자가가 있었다. 생 미셸 교회의 자리였다. 큼직한 길을 중심으로 움직이면 혼자 다녀도 괜찮을 것 같았다. 어디를 가볼까, 보아하니 플레이스(Place)는 광장을, 뤼(Rue)는 길을 뜻하는 것 같은데. 자유로를 따라 오른쪽으로 살짝 꺾으면 플레이스 리버레이션, 플레이스로 시작하는 곳 중 제일 컸다. 손톱으로 동그라미를 그렸다. 리베하시옹! 플라스 리베하시옹 에 오데트빌, 시티 홀. 그 직원이 준비된 퀘사디아를 지도 옆에 내려놓고 두 팔을 테이블에 괴었다. 시청이 있는 가장 큰 광장이고 밤에는 건물에 불빛을 쏘아 아름답다고 했다. 궁금했다. 광장은 어떻게 생겼을지, 조명은 얼마나 아름다울지. 빨리 보고 싶었다. 접시를 앞으로 당겨 물도 마시지 않고 음식을 맛보았다.

반쯤 먹었을까. 직원이 내 앞에 섰다. 잇츠 굿. 나는 매너가 좋은 외국인이었다. 그가 맵, 지도를 찾았다. 건네받은 지도를 펴더니 한 곳을 가리켰다. 포트 기욤므에서 자정에 불꽃놀이를 한다는 정보였다. 거리상으로 보니 개선문이었다. 즉흥적으로 2012년의 대미를 장식할 일정을 짜보았다. 남은 퀘사디아를 다 먹고 리베라시옹 광장에 갔다가 개선문을 가는 순서. 메시, 엄지 두 개를 내미는데, 그가 손바닥만 한 물건을 꺼내왔다. 잃어버렸던 여행프랑스어 책이었다. 가방을 뒤져 종이 한 장을 꺼냈다. 대충 받아 적은 생활 불어들이었다. 그에게 보여주면서 어깨를 으쓱였다. 이제 그 책 필요 없어. 버려달라고 부탁했다.

펍을 나서 다아시 광장과 개선문, 백화점을 지나 리베

라시옹 광장에 갔다. 가는 길에 프랑수아 뤼드라는 광장이 있어 잠시 들렀다. 그곳에는 작은 소년 동상이 올려진 분수가 있었다. 지나가는 커플을 붙잡아 사진을 한 장 남겼다. 그들에게 장소 이름을 어떻게 읽는지도 물었다. 프랑수와 뤼드. 발음이 부드러웠다. 여기저기 기웃대다 정작 리베라시옹 광장에 도착한 건 열시가 넘어서였다. 광장은 시청을 중심으로 부채꼴 모양이었는데 카페로 빙 둘러싸여 있었다. 바닥에는 분수 구멍들이 있었다. 시야를 멀리했다. 그 직원의 말처럼 맞은편 건물에 여러 색의 조명이 여러 문양으로 비치고 있었다. 그 조명들 중 하나가 아래로 움직이면서 내 등 뒤로 빛줄기를 쏘았다. 구멍 뚫린 바닥에 길게 뻗은, 큰 그림자가 생겼다. 회색 배경과 색의 조화. 라파엘의 음반이 떠올랐다.

"여기서 뭐 해요?"

이 목소리. 아치다, 남자였다. 그는 네 명의 외국인과 함께 있었다. 밴드 멤버들은 근처 레스토랑에서 저녁을 마치고 개선문으로 가려던 참이었다. 나도 거기 가는 길이라며 아는 척을 했다. 그의 친구들은 이리 오라는 손짓과 함께 비틀즈의 컴 투게더의 후렴구 '컴 투게더, 라잇 나우(Come Together, Right Now)' 부분을 반복해서 불렀다. 그 무리에 끼기로 했다.

느긋하게 걸어온 개선문의 주변 카페는 가득 찬 사람들로 앉을 곳이 마뜩치 않았다. 우리는 맥주 한 캔씩을 사서 곧장 개선문으로 갔다. 그러나 그곳도 이미 새해를 기다리는 인파로 인해 웅성대고 있었다. 개선문에서 조금 떨어진 곳에 자리를 잡았다. 그의 친구들과 시끄럽게 건배를 연거푸 주고받으며 신년 계획에 대해, 음악 취향에 대해, 좋아하는 록밴드에 대해 닥치는 대로 대화를 이어갔다. 오아시스가 위대한지 블루가 위대한지 무의미한 설전의 끝이 보이려는 순간, 누군가 내 어깨에 팔을 올렸다.

드럼을 치는 그의 친구였다. 나도 친구의 어깨에 손을 올렸다. 맞은편 어깨에도 다른 팔이 올라왔다. 그의 것이었다. 그와 마주보고 웃는데 앞에서부터 사람들의 목소리가 하나로 되어 다가왔다. 그 소리가 코앞에 도착

했고 그와 내 옆의 친구가 텐! 하고 소리쳤다. 나는 구를 외쳤다. 다음, 그의 입에서 팔이 나왔다. 칠, 육, 오, 사, 삼, 이…….

하늘에서 폭죽이 터졌다. 우리는 엄청난 환호성으로 서로를 끌어안았다.

"해피 뉴 이어. 새해 복 많이 받아요."

코를 찡그렸다. 해피 뉴 이어.

# 김명수 추모사

## 1

나는 너를 오빠라 불러본 적이 없었다. 보통은 야, 너. 도움이 필요할 때는 톤을 높이고 콧소리를 섞어 너의 이름을, 명수야, 불렀다. 너는 나에게 오빠라는 호칭을 강요하지 않았다. 왜 그렇게 부르지 않느냐고 따지지도, 화를 내지도 않았다. 사분이라도 먼저 태어났으면 오빠라고 해야지, 이런 싸가지 없는 년. 명절이면 할머니는 내 등짝을 때리기 바빴다. 오기였을까. 객기였을까. 나는 좀체 내 버릇을 고치고 싶은 마음이 없었다. 어제 쓴 편지에서까지도 너는 나에게 '너'로 불리고 있었다.

"오빠가 죽었대."

"누구 오빠?"

그래서였나. 나는 그 말을 쉽사리 알아듣지 못했다. 밤늦게 걸려온 전화는 연결 상태도 엉망이었다. 휴대전화를 붙잡고 누구를 말하는 것인지 연거푸 물었다. 어머니는 몇 번이고 대답이 없었다. 읽던 책을 내려놓았다. 스탠드 불빛에 벽면으로 이상한 그림자가 드리웠다. 불현듯 첫째 사촌오빠가 떠올랐다. 몇 년째 이어지는 취업 실패에 우울증에 빠졌다더니 결국. 아니, 셋째 사촌오빠일지도 몰랐다. 오토바이를 좋아해서 크고 작은 사고들을 달고 살던 사람이 아니었던가. 휴대전화의 사이드버튼을 눌러 소리를 높였다. 어머니의 거친 울음소리가 점점 커지는 해일처럼 밀려들어왔다.

답답했다. 답답하고 무서웠다. 그러면서 너일 수도 있겠다는 바보 같은 상상을 하기 시작했다. 그러자 다다미에서 발바닥으로 한기가 올라왔다. 그 한기는 무릎에서 허리를 통해 빠르게 올라와 뒷머리를 찔렀다. 벌떡 일어셨다. 쿵. 허벅지에 밀려 의자가 쓰러졌다. 나는 방, 부엌, 화장실, 현관까지. 집 안에 있는 형광등을 모두 켰다. 텔레비전도 켰다. 화면 위쪽에는 후쿠오카 지방에 진도 3의 지진이 발생했다는 속보가 떠 있었다.

"뭐야. 빨리 말해."

"엉, 우."

아버지였다. 어눌한 말투에 짜증이 솟구쳤다. 한숨을 쉬지 않도록 노력했다.

"명수 말하는 거야? 아빠, 엄마 좀 바꿔줘."

아이를 달래듯 또박또박 천천히 말했다. 아버지는 계속해서 웅얼댔다. 울먹여서 그런 건지 평소보다 훨씬 알아듣기 어려웠다. 책상 한편에 올려놓은 편지지 위, 일병 김명수. 네 이름이 보였다. 네가 필요했다. 내가 아버지의 수화를 볼 수 없고 어머니는 말을 하지 않으니, 통역을 해줄 네가 필요했다. 그러니까 너만큼은 죽으면 안 되는 것이었다.

전화가 끊겼다. 침대에 휴대전화를 던지고 소리를 질렀다. 눈물이 나왔다. 울 생각은 없었는데. 나는 영문도 모른 채 어머니와 비슷하게 울고 있었다. 네 마음대로 안 된다고 무작정 울기부터 하면 되냐. 너의 그 잔소리가 그리웠다. 비웃어도 좋았고 헤드록을 걸어도 상관없었다. 울음을 억눌렀다.

하지만 너는 나를 괴롭힐 수 있는 기회를 스스로 버렸다. 너는 죽었다.

아버지는 이메일을 보내왔다. 내용은 간단했다. 11시쯤 연락을 받았는데, 명수가 자살을 했다는 것이었다. 유서도 없고 정황도 없어 왜 죽었는지는 아직 알 수는 없었다. 그러니 되도록 빨리 귀국을 해달라고.

비행기 티켓을 편도로 예약했다. 내일 오전 7시 25분. 제일 빠른 시간대였다. 공항까지 갈 택시도 예약했다. 세이부신주쿠에서 나리타 공항까지 얼마가 나올지는 알 수 없었다. 일단 비상금 통에서 2만 엔을 꺼내 지갑에 넣었다. 손이 떨렸는지 빳빳했던 지폐가 꾸깃꾸깃하게 구겨졌다. 침대 밑에 쑤셔두었던 감색 하드커버의 이민가방을 꺼냈다. 먼지가 앉아 있었다.

"왜 이렇게 안 열리는 거야."

잘 열리지 않았다. 미끄러운 손가락으로 지퍼 끝을 잡아당겼다. 살짝 열리는가 하더니 빽빽해지기를 반복했다. 얼마나 입술을 깨물었는지 입속에서는 쌉싸래한 피 맛이 돌았다. 나는 신경질 부리기를 멈추었다. 손바닥을 허벅지에 닦았다.

가방 안에는 고래 인형이 있었다. 지난 달, 우에노 동물원에 놀러 갔다 네 생각이 나서 산 기념품이었다. 고래 인형은 분홍색 리본을 달고 눈웃음을 치고 있었다. 꼬리는 한껏 위로 꺾여 있었다. 딱 여자아이들이 끌어안고 잘 만한 크기였다. 사실은 너를 놀려줄 작정이었다. 스무 살이 넘은 남자에게 인형 선물은 흔치 않은 일이지 않은가. 양심은 있어서 바비 인형같은 것이 아닌, 네가 좋아하는 고래로 고른 것이었다. 옷장을 열었다. 그 인형 위로 손에 잡히는 옷을 집어던졌다. 가만히 서 있던 인형이 옆으로 쓰러졌다. 텔레비전에서 사람들의 웃음소리가 흘러나왔다.

## 2

집 안은 고요했다. 어머니는 소파 끝에 다리를 끌어안고 앉아서는 가족사진 속의 너를 쳐다보고 있었다. 대문이 열리고 닫히는 소리에도 미동이 없었다. 다행스럽게도 울지는 않고 있었다. 나는 아무 말도 하지 않고 현관에서 그녀를 바라보았다. 아버지가 안방에서 뛰쳐나와 나를 끌어안았다. 그는 큰 손바닥으로 내 등을 아주 느리고 부드럽게 쓸었다.

체기처럼 명치에 걸려 있던 너의 이름이 입 밖으로 튀어나왔다. 명수야. 나는 소리 내어 울었다. 얹혀 있던 너의 이름이 모두 사라질 때까지. 몇 번이고 너의 이름을 부르짖었다. 귓속으로 아버지의 눈물이 들어왔다. 간지러웠다. 그 간지러움 위로 어머니의 흐느낌이 얹혔다. 사진 속의 너는 웃고 있었다. 우리도 그 안에서는 웃고 있었다. 너와 함께 있는 우리는 웃고 있었고, 너와 함께 있지 않은 우리는 울고 있었다.

나는 캐리어를 열어 인형을 꺼냈다. 너의 방으로 갔

다. 네 방은 6개월 전과 다를 것이 없었다. 책상과 피아노. 그 위에 놓인 악보들과 너의 사진들. 벽면에 붙은 영화 「프리윌리」의 포스터. 인형을 침대에 올려놓고 누웠다. 천장에는 야광별이 붙어 있었다. 어렸을 적, 우리가 함께 붙인 것들이었다. 당시 너의 꿈은 남극 탐험가였던가. 천문학자였던가. 제대로 기억이 나지 않았다. 그래도 네가 성악을 시작한 나이는 알고 있었다. 고등학교 1학년. 정확히 5월. 음악 선생님의 추천이었다. 변성기를 잘 견딘 예쁜 목소리가 특징이라고 했다. 물론 나는 믿지 않았다. 그냥 여자애들 같은데. 너는 수줍게 웃었다. 그해 6월. 나는 수학 학원을 그만두었다. 너의 레슨비를 감당하기 위한 조치였다. 불만은 없었다. 어차피 수학은 거의 포기 상태였기 때문에 자존심이 상할 일도 없었다.

그날부터 네 방에서는 언제나 음악 소리가 들렸다. 너는 독일어인지 이탈리아어인지 알지도 못하는 외국어로 노래를 불렀다. 나는 가끔 이 침대에 누워 네가 연습하는 뒷모습을 보고는 했다. 어떻게든 꼬투리를 잡아 놀릴 생각이었다. 나쁜 의도는 없었다. 열일곱의 우리는 그저 서로를 헐뜯는 재미로 하루하루를 살아갈 뿐이었다.

아. 네가 기억을 할는지 모르겠다. 1학년 2학기 중간고사, 음악 실기 시험이 가창이었던 것을. 성악 전공자 덕 좀 보자. 네 피아노에 음악 교과서를 올렸다. 시험은 「오 나의 태양」을 원어로 부르는 것이었다. 먼저 너는 말없이 나폴리어 아래에 한국어로 발음을 적어주었다. 나는 긴 피아노 의자 옆에 걸터앉아 오, 오, 하며 연신 환호성을 내질렀다.

여기서부터 따라 해봐. 네가 첫 소절을 불렀다. 나는 너를 따라 했다. 배 위에 손을 얹고 턱을 아래로 끌어당겼다. 성악가를 흉내 내는 것처럼 목소리를 굵직하게 냈다. 웃음이 터졌다. 너는 웃지 않았다. 진지하게 해야지. 다시. 우리는 이 우스꽝스러운 행동을 한 달 동안 반복했다. 너의 과외가 이상했었는지 나는 끝까지 음치에서 탈출하지 못했다.

침대에서 일어났다. 가지런히 정리된 악보들 중 아무거나 골라 펼쳤다. 네가 연필로 써놓은 표시와 외국어가

가득했다. 바깥에서 대문이 닫히는 소리가 들렸다. 네 방의 문을 열었다. 익숙한 목소리가 너의 이름을 외치고 있었다. 짧은 다리로 내 캐리어를 차면서. 악보를 내려놓았다. 거실로 나갔다.

"안녕하세요."

고개가 올라오기 무섭게 할머니는 내 뺨을 때렸다. 어머니는 소리를 질렀고 아버지는 할머니의 양손을 잡았다. 나는 얼얼하게 퍼지는 고통에 눈도 깜빡이지 못했다. 할머니는 한 번 더 나를 때리려고 했는지 아버지에게서 벗어나려 안간힘을 썼다.

"놔라. 지 오빠 사지로 몰아넣은 년. 네가 죽인 거야, 이년아."

뒷걸음질을 쳤다. 나는 너를 죽이지 않았다. 할머니는 주저앉아 바닥을 내리치며 너의 이름을 불렀다. 정신이 없는 와중에도 추임새같이 내 욕은 빼놓지 않았다. 한참 무뎌져서 그런지 이제 그 정도 욕설은 비수가 되어 꽂히지도 않았다. 아버지는 내 손을 잡고 너의 방으로 들어갔다.

아버지는 오른손 엄지와 검지로 원을 만들어 이마에 댔다 펴며 내렸다. 나는 고개를 거세게 가로 흔들었다.

"괜찮아. 할머니 저러는 거 하루 이틀도 아니고, 뭐."

미소를 지었다. 어제 터진 입술이 아렸다.

"근데, 왜 죽은 거래?"

아버지는 아직 모른다고 했다. 수사가 진행 중이니 기다려달라는 답변이 전부였다고 했다. 부검의 가능 여부도 들은 것이 없는 듯했다. 나는 오랜만에 아버지 앞에서 한숨을 쉬었다. 이어서 헛웃음이 나왔다. 아버지는 내 어깨를 두드렸다.

"명수가 초등학생 땐가. 아빠 앞에서는 한숨 쉬지 말자 그러더라고. 왜냐고 물었더니 뭐라 그랬는지 알아? 우리는 답답하면 말이라도 할 수 있지만, 아빠는 답답해도 말을 못 한다는 거야. 그러니까 아빠한테 괜한 스트레스 주지 말자고. 그랬던 그 등신 같은 놈이 왜 죽었대?"

나는 다시 한숨을 쉬었다. 아버지의 눈이 빨갛게 변했다.

## 3

너는 어렸을 적, 잔병치레가 많았다. 같은 음식을 먹어도 너는 식중독에 쉽게 걸렸고, 같이 수영장을 다녀와도 너만 폐렴에 걸렸다. 할머니는 이게 다 나 때문이라고 했다. 내가 어머니 배 속에 있을 때, 너의 양분을 다 뺏어 먹어서 그렇다고 했다. 우리 둘 다 인큐베이터에 있었다고요. 그렇게 말대꾸를 할 때면 할머니는 내 등짝을 후려쳤다. 순해빠진 너는 이 전쟁의 불똥을 피하기 위해 언제나 어딘가로 사라졌다.

어머니는 임신 초기부터 우리가 쌍둥이라는 것을 알고 있었다. 첫째만큼은 '고추'를 낳아야 한다는 할머니의 불호령에 내 이야기는 꺼내지도 못했다고 했다. 낳고 나면 어쩔 거야. 아버지와 내 존재를 비밀에 부쳤다. 그것도 모르고 할머니는 어머니의 배를 보며 남산만 하다고 좋아했다. 우리는 미숙아로 태어났고, 나는 인큐베이터 안에서부터 할머니의 미움을 받기 시작했다.

할머니는 내가 너의 모든 것을 가져갔다고 생각했다. 괄괄한 성격, 대담함, 체력. 그에 비해 너는 나의 모든 것을 가져간 듯, 마치 여자처럼 조용하고 수줍었다. 그나마 다행인 것이 있었다—나는 어이없을 만큼 멍청했고, 너는 재수 없을 만큼 똑똑했다. 만약 내가 머리까지 가져갔다면, 할머니는 아마 나와 말도 섞지 않았을 터였다.

나는 개의치 않았다. 한 해에 많이 봐야 서너 번인데, 그 정도는 참을 수 있었다. 너나 어머니, 아버지는 그러지 않았으니 정말이지 괜찮았다. 아주 가끔 부러운 것은 있었다. 피아노가 그러했다. 너는 몰랐겠지만, 네 피아노는 할머니의 깜짝 선물이었다. 공책이나 연필 같은 것들은 한 번도 부러운 적이 없었다. 피아노는 그렇지 않았다. 부러웠다. 부러워서 열이 받았다. 씹던 껌을 건반 아래에 붙였다. 이도 너는 모를 것이었다.

이제는 내가 너의 양분을 빼어 먹다 못해, 너를 죽였다고 했다. 억울해서 미쳐 날뛰어야 하는 상황이었다. 일본에 있던 내가 무슨 수로 군대에 있는 애를 죽이느냐고. 그런데 내 마음은 그러하지 못했다. 등짝도 아닌 따귀를 맞았는데도 화가 나지 않았다. 그녀의 말을 곱씹었다. 내가 죽였다. 그런가. 내가 너를 군대로 보냈으니, 그렇겠지.

## 4

예상된 시나리오였다. 너는 음악 분야의 최고 대학에 합격했고, 나는 깔끔하게 모든 곳에서 떨어졌다. 잘된 일이었다. 나까지 대학을 다니면 우리 집은 파산을 해야 할 형편이었다. 재수를 할 계획은 없었다. 그것도 하던 놈이나 되는 거야. 네 침대에 누워서 귤을 까며 건성으로 대답했다. 너는 피아노 의자에 앉아 껍질이 이불에 떨어지는 족족 주웠다.

"좀 내버려둬. 한 번에 모아서 내가 버릴게."

"그럼 앞으로 어떻게 할 거야? 진짜 재수 안 할 거야?"

"야. 내가 해서 될 게 뭐가 있겠냐. 돈이나 벌어야지."

너에게 말은 안 했지만 나는 그때, 이미 워킹홀리데이에 대해 알아보고 있었다. 1순위는 일본이었다. 가까워서 크게 부담이 되지 않았기 때문이었다. 일단은 아르바이트를 구해야 했다. 초기 자금도 문제였지만 일본어를 배울 필요가 있었다. 무엇을 할까는 돈을 모은 뒤 고민해보기로 했다. 네 방 벽에 붙어 있는 영화 포스터가 눈에 들어왔다.

"고래 있는 수족관에서 일해볼까."

"글쎄. 힘들지 않을까."

"너는 고래 좋아한다는 놈이 고래 밥 주는 건 힘드냐."

네가 웃었다. 나는 남은 귤을 까서 너에게 건넸다.

그게 고마워서였을까. 너는 간간이 나에게 교통비 정도의 용돈을 주었다. 레슨을 시작하면서 번 돈이라고 했다. 정작 나는 전혀 돈을 모으지 못하고 있었다. 공부를 한답시고 저녁에만 일하는 공연장 아르바이트를 구한 것이 화근이었다. 한 달을 기껏 벌어봐야 60만 원 정도였다. 학원비로 30만 원을 지출하고 나면 남는 것이 별로 없었다.

네가 기말고사를 준비하던 5월 말, 나는 덜컥 워킹홀리데이에 합격했다. 시험 삼아 지원했던 터라 전혀 기대하지 않은 결과였다. 통장에는 겨우 비행기 삯과 한 달치 생활비 정도의 금액이 있었다. 사증을 받고 제일 처음 너에게 보여주었다. 여권도 없던 너는 한참 동안 내 사증에서 눈을 떼지 못했다. 축하해주면서도 경험하지 못한 해외 생활에 두려움을 보였다. 나의 걱정은 그것이 아니었다. 지겨운 이야기지만, 또 돈이었다. 너는 가만히 내 고민을 들어주었다.

"휴학하고 군대 가면 안 될까?"

답답했던 내가 먼저 본심을 털어놓았다. 제안은 이러했다—다음 학비를 내 초기 자금으로 빌리는 것이었다. 대신 일본에서 벌어온 돈으로 갚겠다는 약속을 했다. 너의 대답은 선뜻 나오지 않았다. 내 기준에서는 결코 어려운 일이 아니었다. 어차피 너는 군대를 가야 했고 나는 일본을 가야 했다. 네가 머뭇머뭇하다 꺼낸 첫마디는

군악대였다. 다음 지원에 합격할 수 있을지 없을지를 몰라서 확답을 줄 수가 없다는 것이었다. 그게 뭐야. 인상을 찌푸렸다.

먼저 지친 건, 언제나처럼 내 쪽이었다. 우리가 말을 나누지 않은지 딱 열흘째 되는 날이었다. 사흘이면 해답을 내놓던 네가, 이번만큼은 뭔 심술인지 조용했다. 나를 무시하는 듯하기까지 했다. 나는 초조했고 너는 태연했다. 그래, 태연. 태연하게 아침밥을 먹는 네 모습에 부아가 치밀었다. 옆에 앉은 아버지와 어머니는 보이지도 않았다. 나는 숟가락을 던졌다.

"군악대 가버려라, 미친놈. 거기 가봤자 애국가랑 군가밖에 더 부르냐?"

너는 절반이나 남은 밥그릇을 치우더니 방으로 들어갔다. 나는 자리에서 일어나 네 뒤꽁무니를 쫓았다. 네 방 문지방을 밟았다.

"야! 김명수. 너 내 말 자꾸 씹을래?"

너는 여전히 대꾸가 없었다. 대꾸 없이, 종이 한 장을 건넸다.

모집 입영 일자 안내. 306 보충대.

나는 네 어깨를 주먹으로 가볍게 쳤다. 표정은, 웃고 있었던가. 그랬던 것 같다.

## 5

아침부터 자신을 헌병대 소속이라고 소개한 사람들이 집에 찾아왔다. 어머니는 방에서 꼼짝을 하지 않았다. 하는 수없이 나와 아버지가 그들을 맞이했다. 요 며칠 장을 보지 못해 냉장고에는 제대로 된 음식이 없었다. 나는 되는대로 둥굴레차를 끓이기 위해 주전자에 물을 담았다.

그들은 불만에 가득 찬 표정으로 거실을 쭉 훑어보았다. 한 사람이 소파가 없어 불편하다며 방바닥에 철퍼덕 앉았다. 다른 한 사람은 사전만큼 두꺼운 서류를 세 뭉치 꺼냈다. 가방을 들고 온 오른쪽 어깨를 왼손 주먹으로 두드렸다. 아버지는 서류를 펼쳐보려고 했다. 그가 제지했다.

“먼저 얘기를 들어보세요.”

그들은 아버지에게 정보를 하달하듯 쏟아냈다. 술에 취한 사람처럼 발음이 부정확했다. 한참을 지껄여도 아버지의 대꾸가 없자 한 남자는 연신 여기까지 이해하셨죠?라는 말을 꼬리처럼 붙였다. 아버지는 양손을 들어 입술 위에 엑스 자를 그렸다. 다시 손을 귀로 옮겨 잘 안 들린다는 시늉을 했다.

“말씀을 전혀 못하세요?”

아버지가 고개를 끄덕였다.

“에헤이. 그럼 군대도 안 갔다 오셨겠네.”

“지금 뭐라고 하셨어요?”

내가 부엌에서 소리를 질렀다. 그들은 손으로 발바닥을 주무르며 방바닥에 한숨을 내뱉었다. 나는 가스레인지를 껐다. 맨손으로 그들 앞에 앉았다. 안경을 낀 남자가 나를 턱으로 가리켰다. 옆에 있던 사람이 귓속말로, 쌍둥이, 쌍둥이, 했다.

“저희가 조사를 좀 했어요. 특별히 가혹 행위, 따돌림,

그런 정황은 없었습니다. 아드님이 살짝 우울증을 앓고 있던 건 알고 계시죠? 그걸로 상담도 한번 받았던데. 그래서 전사자 처리는 어려울 것 같습니다. 위로금은 나갈 거예요."

아버지의 입에서 어눌한 탄성이 터졌다. 이야기를 하던 남자는 자신의 귓불을 잡아당겼다. 너는 우울증을 앓고 있지 않았다. 다만 예민하고 섬세했다. 나는 궁금한 것이 많았다. 그러나 할 수 없었다. 내가 입만 열려 하면 아버지는 내 팔목을 꾹 잡았다. 목구멍 아래에 맺혀 있는 답답함이 폭발해 온몸이 찢어져 거실 천지에 들러붙는 상상을 했다.

아버지와 내가 아무 말이 없자 그들은 얇은 봉투 하나를 꺼냈다. 그 안에는 서류 한 장이 들어 있었다. 저 남자가 했던 이야기가 문서화되어 있었다. 너의 사인은 단순 자살이었다. 자살이 어떻게 단순할 수 있지. 그들 중 어느 누구도 나의 질문에 대답하지 못했다.

그들이 돌아가고 나는 안방으로 들어갔다. 지금까지 들었던 이야기를 어머니에게 전했다. 어머니는 하루빨리 너를 냉동고에서 구하고 싶어 했다. 그녀는 더 이상 울지 않았다. 재수사라는 단어는 내뱉지도 못했다. 그냥 장례를 진행시키기로 했다.

그날 밤, 나는 가족 대표로 너의 영정 사진을 골랐다. 네가 첫 대학 공연 때 프로필로 찍은 사진이었다. 너는 이를 환히 드러내며 웃고 있었다. 왼쪽 광대에 움푹 들어간 인디언 보조개가 귀여웠다. 사진을 확대 인화할 필요는 없어 보였다. 원본 자체가 액자에 바로 끼워도 될 만한 크기였다.

너의 낡은 휴대전화를 충전했다. 전원을 켜 전화번호부를 실행했다. 얼마 되지 않는 사람들의 이름이 액정에 나타났다. 네 책꽂이에서 공책 한 권을 꺼냈다. 그 번호들을 옮겨 적었다. 내가 알고 있는 사람들이 꽤나 많았다. 특히 승현이. 우리를 멍수와 멍현이로 부르던 동네 친구. 멍청하기로는 나와 맞먹던 녀석이었다. 오랜만에 집 전화로 그의 번호를 눌렀다.

"멍수! 또 휴가 나온겨?"

그만 수화기를 내려놓았다. 목소리가 나오지 않았다.

벨소리가 울렸다. 받지 못했다.

## 6

맞지도 않는 검은색 한복을 입었다. 나는 아무것도 하지 않았다. 그저 장례식장 구석에 머리를 기대고 앉아 있었다. 모든 것은 차근차근 진행됐다. 낯선 사람들이 네 영정 사진 주변을 꽃으로 꾸미고 향을 피웠다. 멍하니 그 향냄새에 취해 있다 어머니가 옆구리를 찌르면 자리에서 일어났다. 너를 찾아온 사람들에게 인사를 했다. 그들이 내게 건네는 말은 두 가지 정도였다. 불쌍해서 어떡하니, 혹은 정말 안타깝다. 참으로 적응되지 않는 위로였다. 할머니는 제복을 입은 사람들만 나타나면 경기를 했다. 얼굴이 벌게져서는 노발대발했다. 그러다 정신 나간 사람처럼 그들의 바짓가랑이를 붙잡았다. 너를 살려내라고 빌었다.

그중에는 너의 친구들도 있었다. 절반은 내 친구들이

기도 했고 남은 절반은 아니었다. 너와 키가 비슷한 청년들이 들어설 때면 어머니와 아버지는 소리 내어 울었다. 나는 재빨리 너의 친구들을 식당으로 데려가야 했다. 와줘서 고마워. 그들은 하나같이 숟가락을 들지 말지 망설였다. 그러면 상조회사 직원들은 빈 그릇을 치우며 이렇게 말했다—아유, 여기선 한 그릇 뚝딱 비우는 게 도와주는 거야, 학생. 빨리 먹어. 친구들은 나에게 절교 선언을 당할 것 같은 표정으로 나를 보았다. 그러고는 드라마 속 명대사처럼 물어왔다. 너는 좀 먹었어? 나는 아무 말 없이 고개를 끄덕였다.

조문객이 없는 틈에도 나는 자유롭지 못했다. 할머니는 그 고요함을 이기지 못하고 나에게 화풀이를 했다. 말리던 아버지도 지쳤는지 이제는 자리를 피하기만 했다. 나는 예의 없게도 그 욕지거리에 졸음이 쏟아졌다. 너와 함께 있던 만큼의 포근함이 느껴졌다. 너는 이 지겨운 전쟁을 영원히 피하기 위해 아예 사라져버린 것이었을까. 잠든 너와 잠들지 못한 나는 여기에서조차 차별을 당해야 했다.

둘째 날, 승현이가 왔다. 화장실을 다녀오는데 낯익은 뒷모습을 보았다. 팔자걸음에 어딘가 방정맞아 보이는 팔 흔듦. 나는 쉽게 그라는 걸 알아차릴 수 있었다. 그의 묵직한 구두 소리가 복도를 울렸다. 그는 잘 걸어가는가 하더니 외로이 서 있던 근조 화환 앞에 멈추어 섰다. 고인의 명복을 빕니다. ○○사단 사단장 박××, 이런, 씨이발. 깨끗하게 빛나던 그의 구두코가 하얀 국화더미 속으로 돌진했다. 꽃잎이 검은 정장 위로 아름답게 떨어졌다. 바쁘게 퍼덕이는 그의 어깨를 툭툭 쳤다. 그는 콧물을 훌쩍이며 옷매무새를 다듬었다. 멍현, 일단 들어가자.

승현이가 네 사진 앞에 절을 두 번 했다. 어머니는 그의 얼굴을 보자마자 흐느끼기 시작했다. 아버지는 할머니에게 너를 소개했다. 승현이는 발갛게 충혈된 눈을 하고는 헛기침을 쉼 없이 했다. 어머니는 채 허리를 다 펴지 못한 그를 끌어안고 너의 이름을 불렀다. 멍수가 저한테 절을 받고 싶어서 일찍 갔나 봐요. 나는 그만 웃음이 터졌다.

지금도 이유는 모르겠다. 그냥 웃음이 새어나왔다. 한 번 시작된 웃음은 방을 울렸고, 식당을 울렸다. 식사를 하던 사람들이 고개를 빼어 나를 째려보았다. 그들과 눈을 마주치며 웃었다. 너의 영정 사진을 보면서 웃었고 얼이 빠져 서 있는 승현이의 가슴팍을 치면서도 웃었다. 뱃가죽이 당겨왔다. 갈비뼈 아랫부분을 횡격막이라고 하나. 거기가 몹시 저렸다. 광대가 아파서 눈물이 찔끔 삐져나왔다. 나는 할머니의 등짝 스매시를 피할 수 없었다. 할머니는 한껏 흥분을 해서 당신이 때리는 곳이 등인지 뒷덜미인지도 구분하지 못했다. 아버지가 할머니의 허리를 안았다. 승현이가 그녀의 팔목을 잡았다.

승현이와 나는 쫓겨나다시피 바깥으로 뛰쳐나왔다. 저녁 공기가 제법 쌀쌀했다. 장례식장 바깥에 설치되어 있는 자판기에서 캔 음료수를 두 개 샀다. 바람에 실려 온 담배 냄새에 이온 음료가 쓰게 느껴졌다. 우리는 그 냄새를 피해 병원 로비로 들어갔다. 푹신한 의자에 앉았다. 대형 텔레비전에서는 해양생물에 대한 다큐멘터리가 음소거 된 상태로 방영 중이었다.

"멍현. 괜찮아?"

"안 괜찮을 건 또 뭐냐."

"그러게 왜 그렇게 웃었어. 뭐 좋은 일이라고."

"그러게."

승현이는 잠깐 주변을 둘러보더니 갑자기 너의 험담을 시작했다. 자신을 평생 채무자로 살게 만들었다는 것이었다. 군대에 가기 전, 네가 그에게 돈을 조금 빌려준 듯했다. 그러고 보니, 나도 너에게 따질 일이 있었다. 내 결혼식 날 축가를 불러주겠다던 약속에 대해서였다. 물론 내가 답례로 했던 약속은, 없었다.

"그전에 네가 결혼을 못할 것 같으니까 답례를 안 받은 거야."

그의 어깨를 주먹으로 내리쳤다. 그가 어깨를 움츠렸다.

"내일 와도 되냐?"

"내일 아침 열시에 나가는데. 올 수 있겠냐?"

"어디로 가는데?"

"양재랬나. 몰라. 어디든 가겠지."

"올게."

"맘대로 해라."

그는 더 이상 아무 말도 하지 않았다. 나는 남은 음료수를 마시며 텔레비전을 보았다. 새까만 고래 한 마리가 바위 옆에 배를 보이고 누워 있었다. 무슨 상황인지는 알 수 없었다. 환자복을 입고 지나가던 노인이 정확히 스크린 앞에 멈추어 섰다. 어느 쪽으로 허리를 움직여도 보이지 않았다. 휴대전화를 만지작대던 승현이 나를 쳐다보았다. 그는 곧장 한마디를 던질 태세로 허리를 곧추 세웠다. 나는 하지 말라는 신호로 손을 저었다. 그가 오른쪽으로 살짝 눕더니 금세 제자리로 돌아왔다.

"아. 고래가 죽었네."

"왜 죽었대. 축가 못 불러서?"

그가 웃었다.

"김명수, 이 새끼. 나한테는 맨날 고래, 고래 하더니. 너한텐 한마디도 안 했는가 보지. 야, 잘 들어. 고래가 저렇게 해안에서 죽을 때는, 아직 이유가 없는 거야."

이해를 하지 못했다. 입술을 깨물었다.

"지금 한국어로 말한 거야?"

"에이씨. 그러니까, 그, 좌 뭐라 그러던데. 암튼, 저렇게 해안가에서 고래가 죽는 거는 아직 연구로도 명확히 밝혀진 이유가 없다고."

노인이 앞으로 걸어갔다. 화면에서는 펭귄 떼가 수영을 하고 있었다. 승현이는 전화를 한 통 받더니 내일 다시 오겠다는 끝인사로 자리에서 일어났다. 그는 무슨 바람이 불었는지 나에게 진한 포옹을 했다. 그의 왼쪽 가슴에 얼굴이 파묻히면서 숨을 쉬기 어려웠다. 그를 살짝 밀었다. 그는 고개를 끄덕이고는 손수건을 꺼내 눈가를 닦았다. 코를 훌쩍이며 로비 밖으로 나섰다.

나는 다시 자리에 앉았다. 소리도 없는 다큐멘터리를 끝날 때까지 보았다. 고래는 그 한 컷 이후로 나오지 않았다. 무슨 내용인지도 모를 영상이 썩 재미는 없었다. 네가 있었다면 옆에서 열과 성을 다하여 설명해줬을 텐데. 흘러내린 머리핀을 다시 고정했다.

## 7

종소리가 울렸다. 네가 누워 있는 관이 어두운 터널 안으로 들어갔다. 이내 철문이 닫혔다. 네 영정 사진을 들고 있던 승현이의 어깨가 들썩였다. 할머니는 주저앉아 발을 굴렀다. 쥐고 있던 손수건을 바닥으로 내팽개쳤다. 어머니는 의외로 의연했다. 그녀의 손을 잡았다.

너와 함께했던 순간들을 떠올렸다. 우리는 지겹도록 붙어 있었다. 뭐, 정확히 말하자면 내가 너를 쫓아다녔다. 괴롭히기도 했다. 네게 살갑게 대하는 방법 중 하나였다. 오누이치고 많이 싸우는 편이 아니었다. 네가 늘 봐주고 져줬다. 친구들은 우리를 부러워했다. 너는 어땠는지 모르겠지만, 나는 너와 가족이어서 좋았다.

네가 알려주는 모든 것이 좋았다. 학창 시절, 시험 기간이면 노트를 빌려주지 않았던가. 그조차 이해하지 못했던 나는 너의 옆에 붙어 앉아 무작정 너를 따라 했다. 알지도 못하는 수식을 따라 썼고, 해독할 수 없는 줄임말을 따라 외웠다.

너는 노래할 때가 제일 멋졌다. 입을 이상하리만치 크게 벌리고 촌스러운 손동작을 하는데도 너는 빛이 났다. 그리고 제일 행복해 보였다. 나는 네가 하는 노래를 좋아했다. 성악에 대한 지식이 전혀 없어도, 네가 즐거워하기에 그것이 좋았다.

“께 벨라 코사 나 이우루나타 에 솔레”

나는「오 나의 태양」의 앞부분 네 마디를 힘없이 불렀다. 사람들의 울음소리가 멈추었다. 승현이는 코를 훌쩍이며 눈을 크게 떴다. 고개를 숙이고 있던 어머니가 나를 쳐다보았다. 아버지가 나에게로 다가왔다. 너 지금 뭐하는 거야. 노래. 그러니까 지금 노래를 왜 하는데. 명수가 좋아하니까. 단전에 양손을 가지런히 얹었다. 허리를 곧게 폈다. 턱을 아래로 당기고 눈을 위로 치켜떴다. 입술을 최대한 앞으로 뺐다. 네가 알려준 노래를 하기 위한 올바른 자세였다.

“나리아 세레나 도뽀 나 뗌뻬스타”

엉망진창인 내 목소리가 사방으로 퍼졌다. 대리석에 부딪쳐 잔음이 울렸다. 노래를 이어서 불렀다. 최대한 크게. 네가 그 시끄러운 터널 속에서도 들을 수 있을 만큼 크게 불렀다. 음정은 불안했고 소리는 모이지 않았다. 당장이라도 네가 나타나 따라 해보라고 할 것만 같았다. 그때보다 더 잘할 수 있는데. 들숨을 모았다. 아버지가 내 팔을 잡고 흔들었다. 두 눈에 눈물이 그렁그렁해서는 고개를 가로저었다. 나는 미소를 지었다. 나를 안았다.

"딱 한 소절만 더 부를게."

"미친년."

역시나 할머니였다. 그녀는 나를 노려보며 자리에서 벌떡 일어섰다. 아버지를 밀어내더니 내 등짝을 양손으로 힘껏 쳤다. 허리에서 힘을 뺐다. 어느 누구도 말리지 않았다. 다들 제자리에 서서 매 맞는 나를 구경했다.

오늘따라 할머니의 손은 맵지 않았다. 아주 작정을 하고 때리는 것 같은데, 전혀 아프지 않았다. 멀뚱히 서서 그녀의 한탄을 모두 받았다. 어디선가 오열하는 소리가 들려왔다. 그 울음은 전염병처럼 빠르게 퍼졌다. 승현이를 거쳐 아버지를, 어머니를, 그리고 할머니를 울렸다.

할머니의 호흡이 가빠질수록 그녀의 손에서는 힘이 빠졌다. 매질도 점점 느려지더니 나에게 기대왔다. 내 허리에 손을 감았다. 그녀를 밀어내지 않았다.

"이런 썩을 년."

헛웃음이 터졌다. 네가 보고 싶었다.

# 당신의 자유여행

"아빠 내일 청도 간다."

청도라니. 2월에도 소싸움이 열리나 궁금했다.

"한겨울인데 소싸움을 해?"

"아니. 중국 청도."

젓가락을 식탁에 내려놓았다. 물을 마시는 척하며 아버지의 얼굴을 힐끗 보았다. 일정하게 움직이는 아래턱이 사뭇 진지했다. 나는 아무 말도 하지 않았다. 그사이, 아버지는 안방으로 들어갔다. 남은 국물을 뒤적거렸다.

솔직히, 아버지가 중국에 가는 것이 탐탁지 않았다. 무수히 많은 음식 장난으로 자국민들도 무엇을 먹는지 모르는 곳. 그런 나라에 왜 가는지 이해할 수 없었다. 그러나 당장 내일 떠난다는 사람에게 꼭 중국을 가야겠느냐고 묻는 것은 아무런 의미가 없어 보였다. 청도가 어떤 곳인지 생각했다. 도,로 끝나니 섬이 분명했다. 북경이나 상해보다는 작은 도시일 것이었다. 도시가 맞는지도 의심스러웠다. 맥주가 유명한 곳. 그 이상은 알지 못했다.

상을 치우고 뒷정리를 끝낼 때까지 아버지는 안방에서 꿈쩍하지 않았다. 방문을 조심히 열어보았다. 아버지는 작은 캐리어 앞에 앉아 있었다. 한쪽 손에는 종이를 쥐고, 다른 한쪽 손으로 돋보기안경을 썼다 벗었다 했다. 입으로는 종이에 적힌 목록을 하나씩 읊었다. 나는 옆으로 가서 기척 없이 앉았다. 캐리어 안에는 이미 짐이 한가득이었다.

"누구랑 가?"

"혼자."

자유여행이라고 했다. 아버지는 한 번도 자유여행을 가본 적이 없었다. 해외여행을 혼자 간 적도 없었다. 그러면서 종이 한 뭉텅이를 나에게 건넸다. 청도 지도, 버스 노선도, 관광 명소 목록, 누군가가 만들어놓은 일정표 등등. 어디서 구했는지 모를 자료들이었다. 왜 혼자 가는지 물었다. 내일 가는 걸 왜 오늘에야 말해주는지도. 내가 중국 싫다고 해서 그런 거야? 아버지는 대답 대신 수건이나 두 장 챙겨오라고 시켰다. 나도 재차 묻지 않았다. 같이 가자고 하면 싫다고 했을 것이었고, 혼자 간다고 해도 말릴 걸 아버지는 예상했을 터였다. 그럼에도 크게 불안하지는 않았다. 일 년 정도 중국어를 배웠으니 길 정도는 찾을 수 있을 거란, 뭐 그런 믿음이 있었다. 수건을 가져다주며 비행기 시간을 다시 확인했다. 오전 여덟시. 늦어도 새벽 세시에는 일어나야 했다.

선잠은 헛수고였다. 아버지는 내 배웅을 한사코 거절했다. 겨우겨우 타협을 본 곳이 공항버스 정류장이었다. 새벽 칼바람을 피하기 위해 우리는 정류소 의자에 나란히 앉았다. 다음 버스까지는 십 분을 더 기다려야 했다. 따라 나오지 말라며 서두른 아버지 탓이었다. 추운데 그냥 들어가봐. 아버지는 점퍼의 앞섶을 여몄다. 나는 코트 주머니에서 오만 원짜리 지폐 두 장을 꺼냈다. 아버지에게 내밀었다. 이게 뭐냐는 눈빛에 여행에 보태 쓰라고 했다. 가서 길거리 음식 아무거나 사 먹지 말고 좋은 식당에 가서 먹으라는 말도 덧붙였다. 너나 사 먹어. 다이어트 한다고 비쩍 곯아서는.

그렇게 아버지와 나는 버스가 올 때까지 실랑이를 벌였다. 결코 많지 않은 돈을 서로의 주머니에 찔러 넣어 주기 바빴다. 버스가 오고 나서도 결판이 나지 않아 기사의 눈치를 봤다. 승자는 아버지였다. 딸의 성의를 무시하지 말라는 내 청원에도 결국 아버지가 이겼다. 나는 꼬깃꼬깃해진 지폐를 손에 쥐고 한동안 버스 꽁무니를 바라보았다. 소동에 흐른 땀이 식어갔다.

집에 돌아왔지만 다시 잠이 오지 않았다. 새벽 댓바람부터 난리를 친 덕에 배가 고팠다. 소고기뭇국을 데워 밥을 말았다. 반찬은 꺼내지 않았다. 국그릇에 숟가락을 꽂아 컴퓨터 앞에 앉았다. 인터넷 창을 열어 청도를 검색했다. 경상북도 청도가 나왔다. 검색어를 칭다오로 바꾸자 제일 먼저 지도가 떴다. 예상대로 청도는 소도시였다. 하지만 섬은 아니었다. 아버지한테 문자를 보냈다. 청도가 섬이 아니네. 답장은 오지 않았다. 칭다오 여행으로 검색되는 사이트를 차례로 들어갔다. 생각보다 많은 사람들이 가는 듯했다. 아버지가 보여주었던 지도와 버스 노선도가 있었다. 여행객들의 일정은 대부분 비슷했다. 도시가 작아서인지 갈 만한 데가 뻔했다. 나는 웹페이지가 20쪽을 넘어가자 검색을 멈추었다. 느긋한 출근을 준비했다.

회사는 버스로 삼십 분 정도 걸리는 거리에 위치해 있었다. 뮤지컬 배우의 일인 기획사였다. 소규모 회사이다 보니 직원당 업무 할당량이 많았다. 점심때를 놓치는 일은 다반사였다. 오늘도 예외는 아니었다. 동료 지혜 씨와 나는 언제나처럼 가까운 대만식 요릿집에 들어갔다. 멀리 갈 힘이 없었다. 출입문 바로 앞자리에 앉았다. 새우볶음밥과 우육면을 시켰다. 직원이 메뉴판을 치우고 우리는 테이블 위로 쓰러졌다.

"힘들어. 여행 가고 싶어."

그녀는 한숨을 푹 쉬면서 눈을 감았다.

“지혜 씨. 청도 가봤어?”

“어. 왜?”

“아니. 그냥.”

시간만 되면 다시 가고 싶다고 했다. 작고 깔끔하다며, 그녀의 기억 속에 청도는 깨끗한 도시였다. 복잡하지 않아 혼자 돌아다녀도 괜찮다는 말도 했다. 여름휴가 맞춰서 한번 가봐. 나는 웃으며 휴대전화를 들었다. 아빠 잘 도착했어? 어때?

식사를 마치고 계산대 앞에 섰다. 지혜 씨, 잠깐만. 지갑이 없었다. 손에는 휴대전화가 전부였다. 우리가 먹었던 자리로 돌아갔다. 테이블 위에는 빈 그릇만이 있었다. 바닥에도 없었다. 내가 걸어온 계산대까지의 발자취를 훑었다. 지혜 씨는 내가 살게, 카드를 빼들었다. 장지갑이라 여기 있을 리도 없는데. 코트 주머니에 손을 넣었다. 어. 매끄러운 무언가가 있었다. 구겨진 오만 원이 두 장 잡혀 나왔다. 계산을 마친 지혜 씨를 쳐다보았다. 머리를 긁적였다. 휴대전화를 보았다. 전화도 문자도 없었다. 사무실로 돌아가면서 그녀에게 커피를 샀다.

퇴근길에 친구 다인이에게 전화를 걸었다. 신년 인사 이후로 처음 하는 전화였다. 웬일이야. 그냥, 심심해서. 친구는 새로 시작하는 뮤지컬 때문에 바쁘지 않으냐고 물었다. 이제 막 퇴근하는 길이라고 엄살을 떨었다. 나는 전화한 김에 그녀를 집으로 초대했다. 큼직한 업무들은 대충 마무리가 됐으니, 회포를 풀 술친구가 필요했다. 친구는 아버지 계시지 않느냐며 난처해했다. 여행 가셨어. 잠옷 바람으로 와도 좋다고 했다. 짧은 통화를 끝냈다.

별다른 약속이 없어 곧장 집으로 갔다. 대문을 열었다. 겨울이라 그런지 불 꺼진 집 안이 한층 어두웠다. 센서등에 신발장만 환했다. 거실로 올라섰다. 발바닥에 찌릿한 냉기가 닿았다. 형광등을 켰다. 평소라면 식탁에서 중국어 공부를 하는 아버지가 있어야 했다. 그리고 찌개 끓는 소리와 너는 일 끝나고 만나는 남자 친구도 없느냐는 잔소리.

아버지는 일 년 전, 삼십 년 동안 다녔던 직장에서 명

예 퇴직했다. 일주일 정도는 적응하지 못했는지 일상처럼 여섯시에 일어났다. 샤워를 하고 머리를 빗었다. 장롱을 열어 셔츠를 고르다 허허, 그냥 식탁에 앉았다. 그 후 한 달을 집에서 화분만 돌보았다. 한창 아버지가 선인장에 꽃이 피니 안 피니 안절부절 못하던 때, 나는 퇴직 후 찾아오는 우울증에 관한 기사를 읽었다. 그날 밤, 아버지한테 취미를 가져보라고 했다. 이 나이 무슨 취미냐고 관심 없는 듯하더니. 며칠 뒤, 강남역에 위치한 중국어 학원을 등록했다고 했다. 처음에는 한 시간씩 듣는 수업에 참여했다. 생각보다 재미있었는지 매일 저녁 식탁에서 새로 배운 단어를 알려주었다. 하오츠. 맛있다는 뜻이야. 오늘 이 된장찌개는 부하오츠. 맛없다. 깜빡하고 멸치를 안 넣었더니 영 별로다. 그러다 달이 넘어가면서 여덟 시간 공부하는 반으로 옮겼다. 그 학원 유학반의 유일한 오십대 아저씨였다. 그때부터 중국 여행 타령을 하긴 했다. 반드시 중국에 가서 배운 중국어를 써먹을 것이라고. 그때마다 나는 중국은 싫으니 차라리 대만에 가자고 했다.

가방에서 진동이 울렸다. 문자였다. 재빨리 비밀번호를 풀었다. 민지씨. 내일 인터뷰에 쓸 프로필 사진 보냈어. 이상 있는지 확인만 해주라. 지혜 씨였다. 잔업이 생겼다.

챙겨 보던 드라마가 끝나고 컴퓨터 전원을 켰다. 회사 홈페이지에 들어갔다. 새로 들어온 문의 사항은 없었다. 포털사이트로 넘어가 로그인을 했다. 안 읽은 메일이 436통 있었다. 퇴근하면서 확인했는데, 그 사이에 더 쌓인 것 같았다. 개인 메일인데도 어찌 알았는지 소속 연예인의 팬들이 이메일을 보내왔다. 물론 스팸메일도 섞여 있었다. 지우고 지우다 어느 순간 포기했다. 필요한 메일만 따로 빼서 보관하는 것이 더욱 간편했다. 위부터 천천히 중요 메일을 골라냈다. 중간쯤 지혜 씨의 메일이 있었다. 확인했어요. 괜찮아요. 내일 봐요. 문자를 보냈다. 다시 마우스를 잡아 스크롤을 아래로 내렸다. '민지 보아라.' 보낸 이 박희수. 아빠다.

우리 딸 밥은 먹었니. 아빠는 저녁으로 물만두를 먹었

다. 혼자 오면 좋을 줄 알았는데 막상 와보니 딸이 무척이나 보고 싶네. 그래서 메일을 쓴다. 중국은 인터넷에 보안이 많이 걸려 있다. 보안번호만 열댓 번 쓴 것 같다. 일은 잘했니. 아빠는 오늘 천주교당과 잔교, 신호산 공원을 다녀왔다. 신호산 공원에 갈 때 말썽이 좀 있었다. 원래 청도의 버스 요금은 1원이다. 그래서 버스를 타면서 1원을 냈다. 그런데 갑자기 기사가 내 팔목을 잡았다. 2원을 내라는 거 아니겠니. 따졌다. 왜 2원을 내느냐. 기사 왈, 이 버스에는 에어컨이 달렸잖아요. 알고 봤더니 에어컨이 달린 버스는 2원, 아닌 버스는 1원이었던 거였다. 그런데 말이다. 아빠는 나머지 1원을 내면서 무척이나 기뻤다. 내가 그 기사와 아무렇지 않게 대화를 하고 있었거든. 내 중국어가 통하는 게 참으로 신기하고 좋았다. 돌아오는 버스에서는 1원을 냈다. 점심으로는 근처 식당에서 쇠고기 국수를 먹었다. 중국 사람들은 콜라를 좋아하는 것 같다. 다들 국수를 먹으며 콜라를 마시더라. 그래서 나도 시켰는데 영 별로였다. 국수에 콜라는 마시지 말거라. 아무튼, 신호산 공원 옆에 있는 소청도

공원도 가보려고 했는데, 바람이 너무 많이 불어 도저히 걸을 수가 없었다. 푹 자고 이틀 뒤에 보자.

아버지는 세 장의 사진을 첨부했다. 유럽풍의 성당을 담은 사진 한 장과 바다를 배경으로 한 자신의 얼굴, '信號山公園'이라고 적힌 버스 정류장이었다. 메일을 처음부터 다시 읽었다. 그제야 전자레인지에 넣어둔 즉석카레가 생각났다. 그나저나 아빠가 언제 랩톱을 챙겨갔지. 휴대전화를 들어 아버지 번호를 눌렀다. 멀지 않은 곳에서 아주 희미한 벨소리가 들렸다. 전화를 쥐고 거실로 나왔다. 컴컴한 안방이 시끄러웠다.

살짝 열린 문을 끝까지 열었다. 강렬한 빛 한 줄기가 천장에 닿아 있었다. 전화를 끊었다. 고요해졌다. 그 빛도 한 단계 어두워졌다. 방 불을 켰다. 앉은뱅이책상에 아버지의 휴대전화가 있었다. 방석에 앉아 전화기의 폴더를 열었다. 부재중 전화 '딸'이 떠 있었다. 폴더를 닫았다. 방으로 돌아와 답장 버튼을 클릭했다.

재미있겠다. 추울 텐데 옷 따뜻하게 입고 다녀. 나도 아빠 보고 싶다. 다치지 말고!

자정. 청도와의 시차를 검색했다. 한국보다 한 시간이 느렸다. 아버지는 아직 어제에 있었다.

아침으로 구운 토스트가 맛이 없었다. 식빵에 잼을 두 겹씩 발라도 달지 않았다. 사과주스도 텁텁하기만 했다. 도저히 들어가지 않았다. 네 조각을 꺼냈다 두 조각을 도로 넣었다. 거실에 앉았다. 베란다 쪽으로 화분 열 개가 늘어섰다. 아버지는 아침마다 이 화분들에 물을 주었다. 베란다로 나갔다. 찬 공기에 닭살이 올라왔다. 나는 아버지처럼 허리를 굽혀 컵에 물을 받았다. 그러고는 가만히 서 있었다. 다 주면 되는 건가. 선인장도 물을 줘야 하는 건가. 몰랐다. 유리 너머 화분들을 보았다. 두 선인장에는 모두 꽃이 피어 있었다.

죽으면 어떡하지. 이러지도 저러지도 못했다. 고무 슬리퍼를 신은 발이 시려왔다. 컵의 물을 하수구로 흘려보냈다. 베란다에서 나와 거실을 둘러보았다. 아버지가 습관처럼 했던 것들. 아침을 먹고, 화분에 물을 주고, 아마도……. 내 배웅이었던 것 같다. 출근을 위해 옷을 갈아입었다.

회사에 도착하자마자 메일을 확인했다. 어젯밤과 다를 것이 없었다. 메일 쓰기를 열었다.

아빠. 잘 잤어? 난 오늘 하루 종일 외근이야. 인터뷰가 있거든. 날씨는 어때? 아빠 휴대전화 놓고 갔더라. 로밍되는데 들……

민지 씨. 나와. 모니터 전원 버튼을 눌렀다.

인터뷰가 길어졌다. 뮤지컬 팀 전원이 하는 회견인지라 말들이 많았다. 지혜 씨와 세미나실 뒤쪽으로 빠져 플라스틱 의자에 앉았다. 금요일마다 클럽에 가는 그녀는 오늘도 화장이 짙었다. 그녀는 나의 금요일을 물었다. 집에서 친구를 만날 거라고 했다.

"사실, 아버지가 청도에 가셨거든요."

“그래? 어머니랑?”

“아뇨. 혼자요.”

“멋지시네.”

나는 고개를 갸우뚱했다. 멋있을 이유가 없었다. 내가 중국 싫다고 해서 혼자 간 것 같은데. 나름대로 잘 돌아다니고 있는 것 같긴 했다. 메일이 왔는데, 본인이 말하는 중국어가 통하는 걸 자랑했다고. 일 년 정도 배우셨거든요. 그녀는 멋있다는 말을 반복했다. 어색하게 웃었다.

집으로 가는 버스에서 휴대전화를 꺼냈다. 문자가 다섯 통이나 와 있었다. 전부 다인이가 보낸 것이었다. 전화를 했다. 넌 어떻게 된 애가 하루 종일 전화가 안 되냐. 친구는 공부도 일찍 접고 내 연락만을 기다린 모양이었다. 일곱시쯤 집으로 오라고 했다. 치킨 시켜놓을게.

달빛만이 들어찬 거실이 그새 익숙했다. 방으로 들어가기 전, 안방을 한번 둘러보았다. 아버지의 휴대전화도 열어보았다. 새로운 문자가 두 통 있었다. 이러면 안 되지만, 혹시 중요한 문자일 수도 있으니. 방향키를 눌렀다. 경쾌한 전자음이 울렸다. 어제 내가 보낸 문자였다. 제자리에 내려놓고 방문을 닫았다.

컴퓨터를 켰다. 부팅되는 동안 옷 정리를 했다. 인터넷 창을 켜 메일을 확인했다. 453통. 두 번째 페이지로 넘어가자 '사랑하는 딸 보아라.' 아버지의 편지가 있었다.

아침 잘 먹었니. 아빠는 호텔 조식을 먹었다. 호텔에서는 청도 기차역이 바로 보인다. 역 뒤로는 바다가 있다. 경치가 좋다. 오늘은 버스를 타고 더 멀리 이동을 할 거다. 멀다고 해봤자 30분도 안 걸리는 거리이지만 말이다. 일정은 아직 정확히 모르겠다. 그래도 날씨가 좋아 다행이다. 비 온다고 해서 걱정했거든. 아무리 바빠도 끼니는 거르면 안 된다. 점심도 잘 챙겨 먹어라.

첨부된 사진은 두 장이었다. 한 장은 청도역이 보이는 아침의 시내였다. 위에서 아래인 각도로 보아 호텔에서 찍은 듯했다. 사람과 자전거가 빼곡했다. 중국이라는 것이 실감났다. 다른 한 장에는 청도역을 아래에 두고 바다가 보였다. 보낸 시각을 확인했다. 오전 11시 27분. 그곳 시각으로는 열시 반쯤이었을 터였다. 생각보다 늦게 출발했네. 매일같이 여섯시면 일어나던 아버지가 떠올랐다.

메일을 이제야 봤어. 미안해. 늦게 출발했나 보다. 어디 아픈 건 아니지? 난 이제 퇴근했어. 아빠는 오늘 관광 잘했어? 답장 기다리고 있을게.

컴퓨터 전원을 끄며 친구에게 전화를 걸었다. 언제 올거야. 집 앞이야. 다인이는 운동복 차림으로 초인종을 눌렀다. 양손에 탄산음료 병을 들고 있었다. 술은 안 돼, 를 외치며 식탁 의자에 앉았다. 알겠다고 했다. 양주잔에 얼음을 가득 담았다. 사이다를 따랐다. 고시생의 생활수칙이자 고시생 친구의 생활수칙이었다. 반복되는 일상에 우리의 이야기는 생각보다 길지 않았다. 아버지로 얘깃거리를 옮겼다. 그녀의 아버지는 최근에 회사를 그만두었다. 일이 주간은 낚시를 다니며 노후를 즐기나 했더니, 요즘에는 도통 집 밖으로 나가지 않는다고 했다. 친구에게 그런 아버지의 모습은 어색해 보였다. 그러면서도 집안일을 도와 이것저것 하는 새로운 그를 좋아했다.

그녀에게 우리 집 거실 끝을 보라고 했다. 아버지가 키운 화분들이 있었다. 아버지의 낙은 두 가지였다. 중국어와 화분 돌보기. 그녀는 화분들 곁으로 다가가 한참을 들여다보았다. 너희 아버지나 우리 아빠나 텔레비전에 자주 나오는 꼬장꼬장한 노인들처럼 늙지는 않을 것 같아. 나는 웃었다. 그녀는 아버지의 안부를 물었다.

“여행 가셨어. 내일 오실 거야.”

“너희 아버지는 진짜 대단하셔. 혼자 여행도 가시고, 계속 일도 하시고.”

“일 그만둔 지가 언젠데.”

“뭔 소리야. 나 지난주에 요 앞 맥도날드에서 일하시는 거 봤는데.”

너야말로 뭔 소리냐고 물었다. 아버지는 패스트푸드 가게에서 일을 한 적이 없었다. 학원에서 하루 중 여덟 시간을 보내는 사람에게 그럴 여유는 없었다. 나보다 늦게 나가서 일찍 들어오는데. 잘못 본 것이라며 친구를 타박했다. 아르바이트하신댔어. 너는 너희 아빠가 뭐 하고 지내는지도 모르냐. 인사까지 했단 말이야. 그녀는 나를 한심해하는 눈치였다.

다인이의 말에 따르면 우리 아버지는, 오전에는 중국어 학원에 갔다가 오후 다섯 시간은 집 근처 패스트푸드점에서 아르바이트를 한다. 그곳에서 비질을 한다. 끝나고 집에 와서 내 저녁을 챙긴다. 설마. 나는 믿지 못했다. 내가 아는 아버지는 분명 하루 종일 유학반에 묶여 있는 분이었다. 수업만으로는 젊은 아이들을 따라갈 수가 없다고 복습도 열심히 했다. 내게 거짓말을 했던 걸까. 다른 이야기를 나누었는지 궁금했다. 일하시는 중이라 못했지.

친구를 보내고 안방으로 들어갔다. 아버지의 앉은뱅이책상에 앉았다. 방석이 폭신했다. 나는 책상에 엎어져 그의 휴대전화를 만지작거렸다. 폴더를 여닫았다. 새로 온 전화도, 문자도 없었다. 벽 쪽으로 가지런히 쌓여 있는 책들이 있었다. 대부분이 중국어 학원 교재였다. 제일 위에 놓여 있는 책을 폈다. 본문을 따라 쓴 필기가 빼곡했다. 가끔은 한국어로 쓴 발음이 보였다. 뒷부분은 아직 배우지 않았는지 깨끗했다. 나는 그 책을 손가락으로 서너 번 빠르게 훑었다. 종이 쓸리는 소리와 함께 앞머리가 움직이며 눈을 찔렀다. 익숙한 냄새가 코끝에 닿았다. 아버지는 왜 패스트푸드점에서 비질을 하고 있었을까.

책상에는 책과 휴대전화, 휴대전화 충전기가 전부였다. 원래는 스킨과 로션, 돋보기가 있었던 것 같은데. 청도에 가져갔을 터였다. 나는 허리를 세워 일어났다. 다리를 펴자 우두둑하는 소리가 들렸다. 방으로 돌아와 컴퓨터를 켰다. 휴대전화에는 아무런 알림이 없었다. 이메일을 열었다. '저녁은 먹었니.' 클릭했다.

아빠다. 저녁은 먹었니. 끼니 거르면 안 된다. 아빠는 훠궈를 먹었다. 중국식 샤브샤브란다. 혼자 먹으니까 영 맛이 없네. 다음에 같이 대만에 가서 먹도록 하자. 오늘은 멀리 나갔다 왔다. 버스만 여섯 번 탔어. 그래도 동네가 작아서 오래 걸리지는 않았다. 제일 먼저 조정경기장에 갔다. 바다 근처라 바람이 많이 불었다. 무슨 행사가 있는 것 같았는데 거기에는 가지 않았다. 사진은 많이 찍었다. 조정경기장 옆에는 5·4광장이 있다. 대표하는 조형물이 정말 예뻤다. 생각보다 크더라. 사과 껍질 깎아놓은 것같이 생겼는데 아빠가 표현을 잘 못하겠네. 아빠가 같이 보내는 조형물 사진을 꼭 보렴. 사과 껍질보다 훨씬 아름답다. 거기서는 많은 사람들이 연을 날리더라. 나도 하나 사서 해봤다. 내가 산 것은 독수리 모양이었다. 40원이라는 걸 안 산다고 했더니 20원으로 깎아주더라. 중국 같지. 바닷바람이 세서 연이 잘 날았다. 근데 내가 연을 날리는 모습을 사진으로 찍어줄 사람이 없었지. 잘 날린다고 칭찬해주는 사람도 없고. 옆에서 같이 날리던 아저씨한테 부탁해서 사진을 한 장 남겼다. 그 아저씨는 꼬맹이 아들을 데리고 놀러 왔더라. 나도 딸이 있다고 얘기했지. 점심으로는 베이징덕을 먹으려다가 못 먹었다. 그 음식점은 쉬는 시간이 있더라고. 그래서 아쉬운 대로 아래층에 있는 KFC에 갔다. 치킨을 먹었다. 꿩 대신 닭이라는데, 여기서는 오리 대신 닭이더라. 그리고 중국은 이런 패스트푸드점도 직원이 다 치워준다. 우리나라는 스스로 치워야 하는데. 좀 다르지? 대충 점심을 해결하고 버스를 타고 맥주박물관에 갔다. 청도는 맥주가 유명한 거 알지? 박물관에 가면 맥주를 두 컵 준다. 물론 입장료를 낸다. 혼자 앉아서 마시는데 한국어가 들렸다. 보니까 네 또래 젊은 여자들이 다섯 명 앉아 있었다. 그들과 잠깐 담소를 나누었다. 고등학교 동창들이라 하더구나. 좋아 보였다. 너도 한 살이라도 어릴 때 얼른얼른 다녀라. 저녁에는 타이동을 갔다. 타이동은 우리나라로 치면 명동 같은 곳이다. 아빠는 재미가 없었다. 쇼핑센터 같은 게 쭉 이어져 있는데 딱히 볼 건 없었다. 허기가 져 훠궈를 먹었다. 그것 말고는 한 게 없었다. 청도역 앞에는 큰 슈퍼마켓이 있다. 거기서 맥주랑 만두를 샀다. 지금 청도 맥주를 마시면서 이메일을 쓴다. 내일이면 보겠구나. 시간 참 빠르지. 내일 아홉 시 도착 비행기다. 집에 가면 열한시가 넘겠다. 혹시 잘 거면 보조키까지 채우지는 말거라.

장문의 편지에 놀랐다. 지금까지 보내온 메일들과는 확연히 달랐다. 아버지가 이렇게나 말이 많은 사람이었나. 첨부된 사진도 열 장이 넘었다. 그중에 빨간 조형물 사진만 다섯 장이었다. 여러 각도에서 찍었는지 조형물의 생김새는 비슷했는데, 배경이 달랐다. 가운데 매달려 있는 빨간 공을 중심으로 큰 원들이 나사처럼 둥그렇게 감싸져 있었다. 나는 단번에 5·4광장의 조형물임을 알아차렸다. 확실히 사과 껍질은 아니었다. 답장 창을 열었다.

오늘은 많이 다녔나 보네. 재미있었겠다. 근데 나 궁금한 게 있어. 아빠 혹시 맥도……

썼던 것을 지웠다.

오늘은 많이 다녔나 보네. 재미있었겠다. 나도 훠궈 먹고 싶다. 다음에 꼭 같이 먹어. 아빠 그리고 사과 껍질은 좀 너무했어. 사진 많이 보내줘서 고마워. 남은 일정 잘 보내고 내일 봐!

사무실을 나왔다. 회사에서 십 분 정도 떨어진 곳에 공항행 리무진 정류장이 있었다. 한 번도 가본 적이 없었다. 검색한 지도를 따라 살짝 언덕진 길을 걸었다. 아버지는 오늘 아침, 메일을 보내지 않았다. 마지막 날이 아쉬워 일찍부터 나갔을 거라 생각했다. 안심이 되면서도 한편으로 걱정이 됐다. 진동 없는 휴대전화를 만지작거렸다. 멀찍이 높고 긴 푸른색 표지판이 있었다. 비행기 그림이 보였다. 정류장 근처에는 햄버거 가게가 있었다. 안은 사람들로 붐볐다. 캐리어를 옆에 둔 손님들이 대다수였다. 그 사이에서 직원들이 분주히 움직였다. 얇은 유니폼. 모자에는 각이 잡혀 있지 않았다. 아츄. 콧물이 흘렀다. 따뜻한 커피가 마시고 싶었다. 가게 안으로 들어갔다.

나는 자리에 앉아 계속해서 한 직원만 쳐다보았다. 그는 동선이 길었다. 청소도구를 들고 가게 이곳저곳을 다녔다. 손님들이 쓰레기를 치울 때면 제일 먼저 다가와 트레이를 받았다. 직원들 중에 가장 바빠 보였다. 그러면서도 뭐가 그리 신나는지 연신 웃고 있었다. 그가 탕비실로 사라졌다. 다 마시지 못한 커피를 손에 들고 문을 열었다. 한숨을 토했다. 하얀 입김이 코와 눈으로 올라와 앞머리를 헝클였다. 목도리에 얼굴을 파묻었다. 버스가 왔다.

토요일인 데다 저녁 시간대여서 그런지 길이 막혔다. 버스가 달리는 동안 노래를 듣지도, 잠을 자지도 않았다. 그저 차창 밖만 바라보았다. 그러고 보니 요 며칠 제대로 잔 적이 없었다. 수요일은 아버지 바래다준다고 못 잤고, 목요일은 뒤척거리다 겨우 잠들었다. 어제는…….
창문에 비친 나와 눈을 마주쳤다. 여전히 아버지를 만나면 물어봐야 할지 말아야 할지 갈피를 잡지 못했다. 물어본다면 어떻게 물어야 하는지, 묻지 않는다면 그냥 계속 모른 척해야 하는지. 답이 나오지 않았다.

맥도날드 모자를 쓰고 빗자루를 집어 든 아버지를 상상했다. 낯설고도 불편했다. 그 많던 퇴직금을 벌써 다 썼나. 궁금했다. 내가 모르는 여자 친구가 있을 수도 있었다. 돈을 많이 요구하는 사람인가. 그렇다면 자식 된 도리로서 당장 헤어지라고 해야 할 것이었다. 주식을 해서 탕진했을지도 몰랐다. 내게 단 한 번도 주식 이야기를 한 적은 없었지만, 뉴스에 나오는 누군가처럼, 아버지 역시 그럴지도 몰랐다. 그래도 그렇지. 정말로 다 써서 돈이 없었다면 나에게 말해도 되지 않았나. 이 여행이 그렇게 가고 싶었다면. 아니다. 애초부터 조금씩 용돈을 드려야 했었다. 생각해보니 취직하고 한 번도 이렇다 할 돈을 드린 적이 없었다. 학원비도 그랬다. 얼마라도 보태드릴걸, 후회했다.

영종도를 들어서자 버스가 막힘없이 내달렸다. 휭휭. 바람을 거스르는 소리가 들렸다. 눈이 내리려는지 하늘이 도로에 닿아 있었다. 부디 다섯 시간만 참아주길. 잠시 잠이 들었다.

얼마 지나지 않아 인천국제공항 도착장에 도착했다. 시간을 확인했다. 저녁 정도는 먹을 여유가 있었다. 곧장 공항 지하 1층으로 내려갔다. 지하에는 푸드 코트와 여러 음식점들이 있었다. 나는 회사 앞에도 있는 대만식 요릿집에 들어갔다. 창가에 앉아 항상 그렇듯 우육면을 시켰다. 콜라도 하나 시켰다.

아버지는 옳았다. 우육면에 콜라는 정말 맛이 없었다. 둘을 함께 먹으면 뒷맛이 짠 느끼한 탄산수를 마시는 기분이 들었다. 면을 다 먹고 나서야 입가심으로 콜라를 마실 수 있었다. 그래도 우육면의 매콤한 느끼함과 콜라의 톡 쏘면서 달달한 것이 섞이지 못했다. 입안이 찝찝했다. 물로 헹구기를 여러 번 반복했다.

도착장으로 올라와 시간표를 확인했다. 나는 2번 게이트 앞으로 갔다. 비슷한 때에 도착한 비행기가 많았는지 여행객들이 줄줄이 나오고 있었다. 아버지는 키가 작았다. 나는 엉거주춤 서 있다 까치발을 들었다. 자동문이 여닫히기를 반복했다. 가방에서 준비해온 종이 한 장을 꺼냈다. '박희수 씨. 니 하오?' 나 홀로 여행을 마치고 돌아온 아버지를 위한 나름의 이벤트였다. 게이트에서 나오는 사람들이 많아질수록 바리케이드 앞쪽도 조금씩 비어갔다. 게이트와 최대한 가까이 붙어 섰다. 종이를 가슴께에 들었다.

자동문이 오래 닫혀 있다 열렸다. 키 큰 서양인들이 단체로 우르르 지나갔다. 그 뒤로 패딩을 걸친 한 노신사가 따라 나왔다. 카트도 없이 캐리어 하나를 단출하게 끌고 있었다. 아버지였다. 크게 '아빠'를 외쳤다. 아버지는 나를 발견하고 쑥스러운 듯 웃었다. 그건 뭐냐. 내가 들고 있던 이름표를 가리켰다. 그냥 준비했다고 했다. 나는 미리 사놓은 리무진 티켓을 보였다. 열시 출발 차이니 시간은 넉넉했다. 배가 고픈지 물었다. 아버지는 내 배가 고픈지 되물었다. 우리는 게이트 앞 의자에 앉았다.

아버지는 잠시 숨을 고르더니 밀린 질문들을 했다. 밥은 잘 챙겨 먹었느냐, 회사는 잘 갔다 왔느냐, 어디 아프지는 않았느냐, 그런 것들이었다. 나도 밀린 질문들을 했다. 여행은 어땠는지, 나쁜 놈들은 안 만났는지, 음식은 입에 맞았는지. 또 꽃에 물을 줘야 했는지 말아야 했는지도 물었다. 심각한 표정으로 줬느냐고 반문해서 아니라고 했다. 꽃 핀 선인장에는 물을 자꾸 주면 안 된다고 했다.

"아빠. 그리고……."

아버지가 내 말을 듣다 말고 캐리어를 눕혀 지퍼를 열었다. 나는 말을 멈추었다. 캐리어 안에는 출국할 때처럼 가지런히 정리된 짐들이 있었다. 허리를 숙여 고정 벨트를 풀었다. 깊숙한 곳에서 돌돌 말린 마른 수건을 하나 꺼냈다. 그 수건을 펴고 접힌 부분을 또 폈다. 아버지의 손에는 프랑스 유명 화장품의 립스틱이 들려 있었다. 내게 보여주며 싱긋 웃었다.

유명 연예인이 바르는 신상품이라고 했다. 비닐껍질을 벗겼다. 종이 갑을 열어 립스틱을 꺼냈다. 펄이 약간 들어간 주황색이었다. 아버지는 나를 쳐다보고 있었다. 나는 고맙다고 하지 않았다. 가방을 열어 손거울을 꺼냈다. 립스틱을 약지에 묻혀 옅게 발랐다. 민낯인 탓에 입술만 주황빛으로 둥둥 떴다. 아버지는, 예쁘다. 이제 그

거 바르고 남자 친구 좀 만나러 다녀. 시집가야지. 가방 문을 닫았다.

"뭔 얘기 하려다 말았어?"

"다음 주 화요일 저녁에 시간 되냐고. 뮤지컬 보러 와."

"그래. 학원 끝나고 아빠가 그리 바로 갈게."

"진짜?"

그러나 나는 '진짜 학원 끝나고야?'라는 뒷말을 완성하지 못했다. 내가 웃고 말자 아버지는 사진을 보여주겠다면서 카메라를 꺼냈다. 사진은 인천공항의 탑승동 모노레일부터 시작했다. 비행기 사진을 보여주며 옆 좌석 승객을 떠올렸다. 그는 북경 사람이었는데, 아버지의 발음이 좋다고 칭찬했다. 사진은 대부분이 청도의 관광지와 음식이었다. 간간이 아버지의 얼굴도 있었다. 스스로 자신을 찍은 것은 없었다. 어디서든 허리춤에 양손을 올리고 있었다.

"자유여행은 어때?"

"재미있지. 또 할 거다."

사진을 보여주던 아버지의 손가락이 멈추었다. 목소리도 들리지 않았다. 먼저 돋보기를 벗고 얼굴을 쓸었다. 천장을 올려다보더니 손으로 머리도 빗어보고 목 뒤를 긁었다. 어색하게 소리 내어 웃었다. 뭐가 재미있는지 궁금했다.

글쎄. 아버지는 모든 것이 즐거웠다고 했다. 일정을 짜고 돌아온 지금까지도 설레는 듯했다. 같은 반 학생이 아버지에게 자유여행을 알려주었다. 초기 정보는 학원에서 얻은 셈이었다. 그 남학생은 막 여행을 마치고 다음 행선지를 찾던 중이었다. 아저씨 중국어 잘하니까 혼자 가도 될 거예요. 패키지보다 훨씬 재밌어요. 짜인 대로 움직이면 시시하잖아요. 그는 다음 여행을 가기 위해 돈을 벌고 있었다. 아버지는 의아했다. 부모님한테 달라고 해. 난 내 딸이 여행 간다고 하면 경비 대줄 것 같은데.

"그랬더니 걔가 뭐랬는지 알아? 거기서부터가 진짜 자유여행이거든요."

아버지는 그 삼 일 동안 여러 여행지를 다녔다. 그리

고 여러 사람들을 만났다. 그들의 이름과 연락처, 어느 것도 몰랐다. 대신 스쳐간 모든 이들을 장소와 에피소드로 기억했다. 좋았던 곳에서는 오래 머물 수 있었고, 힘들면 카페에 들어가 쉴 수 있었다. 목적지를 가지 못해도 상관없었다. 거기서 새로운 관광을 시작하면 됐다. 아버지는 그 자유로움을 좋아했다.

집에 돌아온 아버지는 외투도 벗지 않고 화분을 보았다. 하나하나 살피더니 베란다로 나갔다. 꽃잎들 사이에 물을 주며 잘 자라고 있었다고 혼잣말을 했다. 화분 정리가 끝났는지 거실에 앉았다. 다시 캐리어 지퍼를 열었다. 쌓여 있는 옷가지를 마룻바닥에 내던졌다. 먼저 씻고 하라는 내 말은 들리지 않아 보였다. 이리 와봐. 아버지 옆에 앉았다. 판다 모양의 과자가 나왔다.

"타이동에 갔을 때 하도 갈 데가 없어서 큰 마트에 갔어. 이것저것 구경하는데 한국 사람들이 있는 거야. 근데 이걸 엄청 사 가더라고. 그래서 나도 샀다."

뒤이어 칭다오 맥주가 두 캔 나왔다. 아버지는 그 자

리에서 고리를 당겼다. 시원하지 않아도 맛있는 맥주라며 하나를 나에게 줬다. 나는 마시지 않았다. 일단 짐을 조금이라도 치웠으면 했다. 시간도 너무 늦었고 버스를 오래 타 몸이 피곤했다. 하품을 쩍쩍 하는 나와는 반대로 아버지는 분주했다. 메고 왔던 가방에서 카메라와 랩톱을 꺼냈다. 남은 사진 보여줄게. 폴더에는 이백여 장의 사진이 더 있었다.

여행기는 끊이지 않았다. 언제 밥을 먹고, 어디서 버스를 탔는지. 사소한 것들조차 아버지는 모두 기억했다. 보내온 이메일은 아주 작은 일부분이었다. 신기했다. 나흘을 홀로 보냈는데 이렇게나 할 말이 많을까. 동창회나 출장으로 해외를 다녀온 뒤는 작은 기념품이 끝이었다. 비교해보면 참 많이 달랐다. 그럼에도 낯설지는 않았다. 그때가 떠올랐다. 중국어를 막 배우기 시작했을 때. 그때, 아버지는 지금과 비슷한 말투를 하고 있었다.

맥주박물관에서 만난 여성분들의 사진이 모니터에 떴다. 아버지는 그들과 나누었던 대화 내용까지 시시콜콜히 들려주었다. 나는 턱을 괴고 아버지의 얼굴을 바라보았다. 듬성듬성 남아 있는 검은 머리카락에 콧방울까지 내려온 돋보기. 이야기에 집중하지 않았다. 고개만 끄덕거렸다. 자꾸만 다른 생각이 떠올랐다. 눈으로 사진을 보고 귀로 아버지의 목소리를 들으면서도, 머릿속으로는 비질하는 아버지를 그렸다. 바닥을 쓸면서 허리를 약간 숙인 모습. 꽃에 물을 주던 그 뒷모습일 것이었다. 두 번째 상상이 만들어낸 아르바이트생은 한결 편안해 보였다.

"다음에는 아빠도 북경을 가볼까, 하고 있다."

당분간 집 앞 패스트푸드점은 가지 않기로 했다.

## | 작가의 말 |

나는 여행을 좋아한다. 걷는 것도 좋아한다. 그래서 걸으면서 하는 여행을 좋아한다.

나는 언제나 떠나고 싶다. 밥을 먹는 순간에도, 잠을 자기 직전에도. 다른 장소에 있는 나를 상상한다. 이는 내가 소설을 쓰는 이유이기도 하다. 내일 당장 해외로 갈 수 없으니, 기억이라도 되짚어 나를 투영한다. 그러다 보니 지극히 사적인 이야기가 되어버린다. 사회적 문제와 같은 고뇌와는 거리가 멀다. 이 점이 나의 발목을 잡는다. 소설은 나만을 위한 일기가 아니란 점에서 지금 내가 쓰고자 하는 글이 괜찮은 건지 아닌지를 모르겠다. 지금까지의 내 한계를 잘 보여주는 지점이 될 수도 있을 것 같다.

누군가는 여행소설이 한물갔다고 이야기한다. 돈과 시간적 여유만 있으면 언제든지 해외로 나갈 수 있는데, 무엇이 더 신기해서 그걸 읽느냐는 의견이다. 그럴 수 있다. 틀린 말은 아니라고 생각한다.

내 소설에 바라는 점은 크지 않은 듯 크다. 읽는 이가 '거기 한번 가보고 싶네.' 생각해주는 것만으로 충분하다. 그래주면 좋을 것 같다.

2015년 겨울 문턱에서

윤은숙

미래의 작가들 04

# 취직을 기다리는 시인

2015년 12월 5일 제1판 제1쇄 펴냄

지은이 윤은숙
기획 크리에이티브 라이팅 그룹(Creative Writing Group)
편집 모영철
펴낸이 박문수
펴낸곳 도서출판 박문수책
등록 2009년 2월 6일 제13-2009-24호
주소 03964 서울특별시 마포구 망원로7길 3-6(망원동)
전화 02-322-5675
전자우편 mspark60@dreamwiz.com



ISBN 978-89-969754-5-8 03810